浙江智库
ZHEJIANG
THINK TANK

浙江农林大学 | 生态文明研究院
碳中和研究院

Institute of Ecological Civilization & Institute of Carbon Neutrality, Zhejiang A&F University

园林名花紫薇古诗词鉴赏

顾翠花　王守先　沈晓婷　王　献　主编

中国农业大学出版社
· 北京 ·

内 容 简 介

本教材作者选择从唐代至清代期间描写紫薇的诗词，通过对所选诗词的文化内涵和艺术魅力进行深入的赏析和研究，体会诗词所蕴含的意象以及精神，引导学生积极深入地去学习中国传统文化，继承和发扬传统文化，提高对中国传统文化的认同感和归属感，增强文化自信和民族自信。

本教材适用于高等农林院校园林、园艺、环境设计以及风景园林等专业的学生，也可供喜爱花卉的有关人员学习和参考。

图书在版编目(CIP)数据

园林名花紫薇古诗词鉴赏 / 顾翠花等主编. -- 北京 ：中国农业大学出版社，2024. 12. -- ISBN 978-7-5655-3370-9

Ⅰ. I207. 2

中国国家版本馆 CIP 数据核字第 20244G8K36 号

书　　名　园林名花紫薇古诗词鉴赏
Yuanlin Minghua Ziwei Gushici Jianshang

作　　者　顾翠花　王守先　沈晓婷　王　献　主编

策划编辑　司建新　　**责任编辑**　司建新
封面设计　李尘工作室
出版发行　中国农业大学出版社
社　　址　北京市海淀区圆明园西路 2 号　　**邮政编码**　100193
电　　话　发行部 010-62733489，1190　　读者服务部 010-62732336
编辑部 010-62732617，2618　　出　版　部 010-62733440
网　　址　http://www.caupress.cn　　**E-mail** cbsszs@cau.edu.cn
经　　销　新华书店
印　　刷　涿州星河印刷有限公司
版　　次　2024 年 12 月第 1 版　　2024 年 12 月第 1 次印刷
规　　格　185 mm×260 mm　　16 开本　　10.25 印张　　195 千字
定　　价　35.00 元

编写人员

主　编　顾翠花（浙江农林大学）　王守先（浙江农林大学）
沈晓婷（浙江农林大学）　王　献（河南农业大学）

副主编　张运兴（河南理工大学）
栗　燕（河南农业大学）
杨丽媛（浙江农林大学）
王　敏（杭州西湖风景名胜区花港管理处）
季梦成（浙江农林大学）
严劲松（杭州西湖风景名胜区岳庙管理处）
张永才（河南省新乡市水系景观服务中心）
杨作运（河南省锄禾园林草业服务有限公司）

参　编　张国哲（河南农业大学）　孟　瑾（浙江农林大学）
张　琳（河南农业大学）　郭　鑫（河南农业大学）
薛东齐（河南农业大学）　娄雪源（河南农业大学）
蒋丽微（河南农业大学）　马晶晶（浙江农林大学）
邱曦露（浙江农林大学）　邵伟丽（浙江农林大学）
陈萌萌（浙江农林大学）　刘志高（浙江农林大学）
江瑞敏（浙江农林大学）　赵　雨（浙江农林大学）
白明珠（浙江农林大学）　俞梦鑫（浙江农林大学）
楼仪涵（浙江农林大学）　马清清（浙江农林大学）
吴建国（浙江省杭州市临安建国苗木合作社）

审稿人　何松林（河南农业大学）

前言

在中国的传统文化中，紫薇代表着荣华富贵、幸福和长寿，被赋予了丰富的象征意义。历代文人墨客亦多以紫薇为题，创作了大量诗词，这些诗词不仅是对紫薇花的赞美，更包含对人生、自然和社会的深刻思考，同时也被誉为中国诗词的瑰宝之一。

紫薇在我国有千余年的栽培历史，而且文化积淀丰厚。自唐代以来，紫薇花就成了文人墨客吟咏的对象，其美丽、高雅、清新的形象深受人们的喜爱。在漫长的历史长河中，许多著名的诗人都留下了脍炙人口的紫薇诗词。

早在唐朝时期，紫薇受到了前所未有的重视，这可能与唐代开元元年将中书省改设为紫微省，省中种植多种紫薇花有关。晚年白居易被召回京城，官拜秘书监，面对庭中紫薇花写出“独坐黄昏谁是伴，紫薇花对紫微郎”的诗句，托物拟人，借以自咏，表达了诗人对自己宦海生涯几十年的感叹。晚唐诗人杜牧也曾官至中书舍人，当时便有“紫薇舍人杜紫薇”之称。与白居易诗中略显凄凉的紫薇花不同，杜牧眼里的紫薇花充满着朝气，可谓“晓迎秋露一枝新，不占园中最上春。桃李无言又何在，向风偏笑艳阳人。”当然，二人诗中的紫薇同样表达了坚持不与世俗同流合污的情感和追求。

到了宋代，紫薇在民间广泛栽培，宋人对紫薇十分偏爱，常常以花叙情。诗人杨万里赏紫薇“似痴如醉”，称颂堂前两株紫薇花自农历五月盛开到九月，耐看喜人，诗曰：“谁道花无百日红，紫薇长放半年花。”欧阳修因直言敢谏，几度被贬官罢职，面对聚星堂前的紫薇咏诗叹道：“亭亭紫薇花，向我如有意……相看两寂寞，孤咏聊自慰。”南宋政治家王十朋也曾写下“盛夏绿遮眼，此花红满堂。自惭终日对，不是紫薇郎”的感叹之句。

元明清时期，紫薇作为一种常见的花卉，继续受到文人的喜爱和关注。这一时期的紫薇诗词数量明显增多，在表现手法、思想内涵和艺术价值上都有了较大的提升。元代，紫薇诗词继续发展，诗人以紫薇为载体，表达对生活、自然和人生的感悟。如元代诗人龚璛的《和张仲宽紫薇花》诗，以紫薇花的繁盛和艳丽，赞美生命的蓬勃灿烂、多姿多彩。进入明代，紫薇诗词进一步繁荣，诗人对紫薇的描绘更加生动细腻。明代诗人如杨慎、于谦等都曾写过紫薇诗，以表达对花卉的赞美和对人生的思考。清代的紫薇诗词数量增加，意境丰富，而且表现手法和思想内涵都更加多彩深刻。清代诗人如叶方蔼、刘绎等都留下了不少紫薇诗作，其中既有对花卉的直接描写，也有借物抒怀，表达对人生、社会和历史的感慨。

紫薇诗词的深远影响，不仅表现在文学领域，也在人们日常生活中留下了五彩斑斓的印记。人们在庭院、园林中种植紫薇，欣赏其美丽花朵的同时，也借此体会自然、感悟生活，表达对美好人生的追求。

《园林名花紫薇古诗词鉴赏》是一本旨在挖掘和鉴赏历代紫薇诗词的教材，全书收录唐代至清代的紫薇诗词 115 首，通过对其创作背景、意境表达、艺术手法等方面的深入分析，帮助读者更好地理解和欣赏这些作品。通过鉴赏这些紫薇诗词，我们不仅可以了解不同历史时期的文化背景和社会风貌，更能够深入探索诗人们的心灵世界，了解古人的审美观和人生观，感受他们对自然与人生的感悟，得到心灵的洗礼和艺术的享受！

顾翠花

2024 年 1 月 26 日

目　录

第一章

唐

白居易

白居易(772—846年),字乐天,生于河南新郑,祖籍太原,后随其曾祖父迁居下邽(今位于陕西渭南东北),官至翰林学士、左赞善大夫。唐德宗贞元十六年(800年)进士及第,十八年参加吏部的拔萃科考试,入甲等,授秘书省校书郎。元和二年(807年)授翰林学士,元和元年(806年)除左拾遗,元和十年(815年)因遭人诽谤被贬为江州(今属江西九江)司马,后任忠州(今属重庆忠县)、苏州、同州(今属陕西大荔)刺史。晚年居洛阳,自号香山居士、醉吟先生。白居易与元稹并称"元白",共同倡导新乐府运动;与刘禹锡并称"刘白",他们都反对空洞浮夸的文风,主张文学革新。白居易有"诗魔"和"诗王"之称,其诗歌不仅题材广泛,形式多样,而且语言风格平易晓畅、通俗浅白。公元846年,白居易于洛阳逝世,葬于香山。其代表作有《白氏长庆集》《卖炭翁》《长恨歌》《琵琶行》《观刈麦》等。

直中书省①

丝纶阁②下文书静,钟鼓楼④中刻漏④长。

独坐黄昏谁是伴,紫薇花对紫微郎⑤。

注释

①直中书省:又名《紫薇花》。②丝纶阁:中书省,是帝王颁发诏书的地方。③钟鼓楼:专用于报时辰的楼,通常以敲钟与击鼓为号,故称钟鼓楼。④刻漏:古代计时工具,以铜壶滴漏计时,依据漏壶中标尺的刻度来判断时间,这里代指时间。⑤紫微郎:唐代官名。唐代称中书省为紫微省,中书令为紫微令,中侍郎为紫微侍郎,中书舍人为紫微舍人,即紫微郎,故称白居易为紫微郎。

第一章彩图

释义

颁发诏书的丝纶阁内寂静无声，只听到钟鼓楼上漏壶滴水的声音。落日黄昏，悄然独坐，又有谁会来与我做伴？唯有紫薇花与我无言相对。

鉴赏

这首诗中所提及的丝纶阁、钟鼓楼都是皇宫中特有的建筑，道出了诗人"独坐"的缘由是在宫中值班。黄昏时的皇宫沉浸在一片寂静中，氛围压抑单调，仿佛时间也变慢了。然而，依宫中的规矩，值守的官员不得随意走动，诗人被迫局限于这个狭小的空间里。诗中所描绘的这一天，诗人并无繁重的公务需要处理，只好欣赏紫薇花、聆听刻漏声来消磨这乏味空虚的时光，期盼"下班"的时刻。此诗中诗人微妙地透露出对当前工作枯燥单调的失望。同时，通过对静穆庄严的宫廷环境的描写来影射当时沉闷压抑的政治氛围，进而表达对此的不满。

"独坐黄昏谁是伴，紫薇花对紫微郎"是全诗的点睛之笔。诗人以幽默的口吻诉说寂寞的心情，以此宽慰自己，也嘲讽了宫廷生活的空虚无聊。一个"对"字，描绘出了诗人与花"相看两不厌"的情景，将诗人独自一人、无人相伴的情景烘托得更加生动，也将诗人孤独闲坐、无所事事的形象塑造得更加传神，使诗句更有情趣，充分地展现了诗人遣词造句的功力。

全诗言语浅白、叙事清晰、通俗易懂，这正体现了白居易诗最大的特点。

紫薇花

紫薇花对紫微翁，名目虽同貌不同。
独占芳菲当夏景，不将颜色托春风。
浔阳官舍①双高树，兴善僧庭②一大丛。
何似苏州安置处，花堂栏下月明中。

注释

①浔阳官舍：指的是诗人任职江州司马时的办公场所。②兴善僧庭：指的是当时的首都长安的大兴善寺（今西安市小寨兴善寺西街）。

释义

紫微翁与紫薇花，虽同名但各有不同。紫薇花盛于炎夏，花姿娇艳，独占夏日的美丽，而不是在柔美的春风里媚俗。在浔阳官舍中，有两棵高大的紫薇树，而在兴善僧庭中也有一大片紫薇花。这多么像从前苏州居所的紫薇花，它们开在泻满月光的堂前花园中。

鉴赏

诗人以紫薇花对紫微翁的方式，表达了不同环境下的紫薇花的美丽与意义。其中，诗人通过对比夏季盛开的紫薇花与春季绚丽的白花，表达了紫薇花的独立和坚强。同时，作者也通过描绘浔阳官舍、兴善僧庭中的紫薇花及苏州花堂下的月明，对比了不同环境中的紫薇花，体现了各自的美与特色。

首联中作者自称紫微翁，一个“对”字写出了诗人与花“相看两不厌”的情景。颔联“独占芳菲当夏景，不将颜色托春风”两句是咏紫薇花的名句。夏秋少花季节，紫薇却盛情绽放，确实称得上“独占芳菲”，且紫薇的花期长达半年，有“百日红”的誉称。其花朵无论是白色、深红、淡红还是紫色，都在枝头开得如火如荼，一团团、一簇簇，艳丽繁复，惹眼至极。

颈联“浔阳官舍双高树，兴善僧庭一大丛”承上，此联描绘紫薇芳踪随处可见，“浔阳官舍”“兴善僧庭”，可见紫薇十分受人喜爱。而诗人也被眼前的紫薇勾起回忆，忍不住想起从前苏州居所的紫薇花……“花堂栏下月明中”，既是对美景美花的回忆，又是对往事的回忆。作者写紫薇花，实则以花衬己，借花抒情，以紫薇花繁盛时的热闹盎然反衬自己的孤寂失落、百无聊赖。

见紫薇花忆微之

一丛暗澹将何比，浅碧笼裙衬紫巾。
除却微之[①]见应爱，人间少有别花人。

注释

①微之：元稹（779—831 年），字微之、威明。

释义

这一丛暗淡的紫薇花用什么来比喻呢？就好像是浅绿色的灯笼裙配着紫色的头巾。除了微之见它会赞美外，世间很少有能够欣赏此花的人了。

鉴赏

这首诗通过生动的比喻将紫薇花比作紫色的头巾配着浅绿的笼裙，形象地突出紫薇的娇艳美丽。“暗澹”与“浅碧笼裙衬紫巾”描绘出紫薇的“紫”是深沉鲜艳的，隐喻其独特且稀有。“除却微之见应爱，人间少有别花人”写世上少有像微之这样能够欣赏紫薇之美的人了，通过对比表现出微之独到的审美与眼光，同时表现了诗人对微之赏花的独到眼光见解的赞赏以及对世人不懂欣赏紫薇之美的感慨。

此诗借“见紫薇花”为由回忆好友微之赏花的独到见解，表达了诗人对美好往事的怀念与对友人的思念之情。在此诗中，“紫薇花”成为诗人与友人共同赏花美好过去的象征与标志，诗中言语、情感表达平和，细细读来却生动感人。

刘禹锡

刘禹锡(772—842年)，字梦得，唐代文学家、哲学家，被誉为“诗豪”，出生于苏州嘉兴(今浙江嘉兴)，自述“家本荥上，籍占洛阳”，为中山靖王刘胜后裔。贞元九年(793年)进士及第，两年后再登吏部取士科，任太子校书，后迁淮南记室参军。贞元十六年(800年)，刘禹锡入节度使杜佑幕府，深得杜佑的信任与器重。杜佑为相时刘禹锡也迁监察御史。贞元末年，加入由太子侍读王叔文领导的“二王八司马”政治集团。唐顺宗登基后，刘禹锡参与“永贞革新”。革新失败后被贬至朗州(今湖南常德)任司马，此后屡遭贬谪。会昌二年(842年)，迁太子宾客，同年病逝于洛阳，享年七十一岁，追赠为户部尚书，葬于河南荥阳。刘禹锡的诗文造诣深厚，涉猎题材广泛，他与柳宗元并称“刘柳”，与白居易并称“刘白”，与韦应物、白居易合称“三杰”。他的代表作包括《陋室铭》《竹枝词》《杨柳枝词》《乌衣巷》等。此外，刘禹锡在哲学领域也有显著贡献，他的哲学著作《天论》三篇深入探讨了天的物质性，深刻剖析了“天命论”产生的根源，展现了唯物主义思想。他的著作还包括《刘梦得文集》与《刘宾客集》。

和令狐相公郡斋①对紫薇花

明丽碧天霞，丰茸②紫绶花。香闻荀令宅，艳入孝王家③。
几岁自荣乐，高情④方叹嗟。有人移上苑⑤，犹足占年华。

注释

①郡斋：郡守起居之处，这里即令狐相公的宅邸。②丰茸：指繁茂的草木。③孝王家：王侯之家。④高情：高情雅意。⑤上苑：皇家的园林。

释义

蓝天晴朗明亮，彩霞绚丽，茂盛的紫薇花如紫色丝绒绶带。它的香气远播到荀令的宅第，花朵艳丽到了孝王的府邸。多少岁月以来自然地繁荣快乐，高尚的情趣令人慨叹。有人把它移植到上苑，依然足以占尽美好的年华。

鉴赏

刘禹锡的《和令狐相公郡斋对紫薇花》一诗，描绘了紫薇花盛开的美丽景象，展示了作者对花朵之美的赞美之情，以简洁明了的词句构建了生动的形象，读来古拙清新，优雅精致。“明丽碧天霞，丰茸紫绶花。”以“明丽”“碧天霞”和“丰茸”“紫绶花”两组描写词语，勾勒了紫薇花优美的外貌特点，给人一种清新明朗的美感。“香闻荀令宅，艳入孝王家”写出了紫薇花散发出来的芬芳香气，扩散至荀令宅和孝王家，使两处都增添上了花香的气息。通过“香”字的运用，使读者在阅读时仿佛嗅到花香的味道，形象更加鲜活。“几岁自荣乐，高情方叹嗟”点明了紫薇花的生命周期，它几岁之间依然能够昂首自荣，“高情”即是紫薇花自身的高尚情操，它们向往着自然的成长，无怨无悔，这让人不禁感叹其令人敬佩的品质。“有人移上苑，犹足占年华”，有人将紫薇移植到上苑，它依旧能占尽芳华，说明有人欣赏紫薇之美，将它移入上苑展示它的美丽。这里诗人以紫薇自喻，表达希望有人能够赏识自己的才华，推荐自己进宫做官的心情与愿望。

通过赏析这首诗作，我们可以感受到刘禹锡对紫薇花的赞美和钦佩之情。他以简练而精致的词句，深情而又饱含赞美之意，将花朵的美丽在读者心中栩栩如生地呈现。这首诗古拙而又优雅的文风，显现出了古代文人书写的特点和风格，让人感受到一种古人的情怀和审美追求。读此诗作，仿佛穿越时空，进入温润的古代文人雅居之境。花香从字里行间渗透出来，引领人们走进花开的世界，感受自然之美，思考生命之意，叹服紫薇花高尚情操的同时，也对刘禹锡所表现出的古拙优雅的文学风格表示敬佩。

和郴州杨侍郎玩郡斋紫薇花十四韵

几年丹霄上，出入金华省。暂别万年枝，看花桂阳岭。
南方足奇树，公府成佳境。绿阴交广除[①]，明艳透萧屏[②]。
雨馀[③]人吏散，燕语帘栊静。懿此含晓芳，翛然忘簿领。
紫茸垂组缕，金缕攒锋颖。露溽暗传香，风轻徐就影。
苒弱多意思，从容占光景。得地在侯家，移根近仙井。

开尊好凝睇，倚瑟仍回颈。游蜂驻彩冠，舞鹤迷烟顶。
兴生红药后，爱与甘棠并。不学夭桃姿，浮荣在俄顷。

注释

①广除："除"有平地的意思。"广除"是指空旷的庭院或屋前空地的意思。②萧屏：亦称萧墙，乃古代宫室内部设于门前的一道小墙。③雨馀：雨后。

释义

在朝廷高位任职多年，我频繁出入金华殿，现在我暂时离开宫中那象征皇权的万年枝，来到桂阳岭(郴州)赏花。南方有充足的珍奇异树让您的府邸打造得如同仙境一般。绿色的树荫遮蔽宽广庭院，门前小墙透出艳丽花影。雨后，官吏和百姓都已散去，只有燕子还在帘栊间轻轻低语。这美丽的紫薇花含着清晨的芬芳，让我忘却烦琐的公务，心情变得自由自在。紫色茸毛般的花瓣内垂挂着丝线般的花蕊，金色的花蕊如同聚集的锋芒。湿润的露水悄悄地传递它的香气，微风轻拂，花影便缓缓摇曳。紫薇花柔弱而富有韵味，从容地占据风光。它能够在候爵的府邸中生长是因为根被移植到靠近仙境的地方。我摆开酒宴好细赏它的美丽，手扶琴瑟，目光却追随它转动脖颈。游蜂停在她彩色的花冠上，舞鹤也迷失在它烟雾缭绕的顶端。我兴致高涨因为看到这紫薇花，对它的喜爱不减甘棠。它不像妖艳的桃花只追求一时的浮华与繁荣。

鉴赏

"几年丹霄上，出入金华省。暂别万年枝，看花桂阳岭"这几句，诗人以自己的仕途经历开篇，说明自己暂时离开朝廷，来到桂阳岭欣赏紫薇花，为全诗铺垫了背景。

"南方足奇树，公府成佳境。绿阴交广除，明艳透萧屏"描绘紫薇花生长的环境是如同仙境般的郡斋，绿荫遮蔽宽宽宅院，雅致优美。萧墙透出紫薇花明艳的身影，展现了紫薇花的美丽。

"雨馀人吏散，燕语帘栊静"营造出一种宁静祥和的氛围，这种氛围下紫薇花显得更加清新脱俗。"懿此含晓芳，翛然忘簿领"，诗人忍不住赞美紫薇饱含清晨的芬芳，竟让他忘却了烦琐的公务，心情变得轻松自在。

"紫茸垂组缕，金缕攒锋颖。露溽暗传香，风轻徐就影"进一步描绘了紫薇花的形态与韵味。通过将紫色花瓣比作茸毛，将金色的花蕊比作聚集的锋芒，生动地展现了紫薇花花瓣与花蕊的美丽精致。同时描绘微风中摇曳的紫薇花就连花瓣上的露珠都散发着香气，突出了紫薇花香之芬芳以及花姿之柔美。

"不学夭桃姿，浮荣在俄顷"通过紫薇花与桃花的对比，反衬出紫薇花不追求一时浮华与荣耀的高尚品质。表达了诗人对紫薇花高尚品格的赞美，也表达了对杨侍郎高雅品味的肯定与赞赏。

整首诗语言优美、意境深远，通过细腻生动的描写与比喻，不仅展现出紫薇花的美丽芬芳与高雅，也表达了诗人对紫薇与自然美景的热爱，以及对高雅品位及高尚品格的追求。

张 籍

张籍（约767—830年），唐代著名诗人，字文昌，汉族，原籍苏州吴地（今江苏苏州），但因先世移居至和州，故被视为和州乌江（今安徽省和县乌江镇）人。张籍曾任水部员外郎、国子司业等，故被称为“张水部”“张司业”。张籍的乐府诗作品与同时代诗人王建的作品齐名，两人共同被尊称为“张王乐府”。他的代表作包括《塞下曲》《征妇怨》《采莲曲》以及《江南曲》等诗篇，这些作品均展现了他深厚的文学造诣。

奉和舍人叔直省时思琴

蔼蔼①紫薇直，秋意深无穷。滴沥仙阁漏②，肃穆禁池风。

竹月泛凉影，萱露澹③幽丛。地清物态胜，宵闲琴思通。

时属雅音际，迥凝虚抱中。达人掌枢近④，常与隐默同。

注释

①蔼蔼：形容草木茂盛的样子。②漏：指刻漏。③澹：恬静、安然的样子。④枢近：接近皇帝的中央政权的枢要职位。

释义

紫薇花开得绚丽，秋天的意境深邃无穷。仙阁中的漏壶滴答作响，禁池中的风肃穆而凛冽。竹影下月色泛起凉意，萱草上露水映衬得花丛幽静淡雅。大地清净，物象显示出更加超凡脱俗的美态，夜晚闲暇时琴声与思绪得以贯通。此时正是雅乐盛行的时代，思绪在乐声中迥然凝聚，如同融入虚无的怀抱之中。有才华的人掌握重权，却常常与隐居的智者心灵相通。

鉴赏

这首诗以深邃的意境和抒发的情感，表达了诗人对宁静时光和音乐的向往。诗中运用了丰富的意象，充分展现了唐代诗歌的特点。

首先，诗人以“蔼蔼紫薇直”开篇，描绘紫薇林葱茏繁盛，表现出秋意浓厚。接着，他描述了秋天的景象，“秋意深无穷”，通过季节的描绘，增强了诗歌的感知度和现实感。

诗中的“滴沥仙阁漏”“肃穆禁池风”表现了宫殿内外的宁静和庄重，与外界的嘈杂形成鲜明对比。“竹月泛凉影，萱露澹幽丛”则营造出一幅宁静、清凉的画面，使读者能够感受到诗人内心的宁静和平和。

诗人在诗的后半部分表达了对音乐的思念，“宵闲琴思通”，他希望在这样的环境中弹奏琴曲，与宁静的自然和庄严的宫殿相和谐。最后，诗人写道“达人掌枢近，常与隐默同”，表达了他希望与有志之士一起分享这样宁静时光的愿望，共同追求精神上的升华。

李商隐

李商隐（约813—858年），字义山，号樊南生、玉溪（谿）生，唐代最出色的诗人之一，出生于郑州荥阳，祖籍河内（今河南省焦作市）的沁阳。李商隐在诗歌创作上造诣颇深，他的骈文具有很高的文学价值，与杜牧并称为“小李杜”，与温庭筠并称为“温李”。此外，李商隐、段成式、温庭筠三人的诗文风格相近，且均在家族中排行十六，因此被合称为“三十六体”。李商隐的诗歌风格瑰丽，构思新颖奇特，特别是在爱情诗和无题诗方面，其笔触缠绵悱恻，意境优美动人，广受后世传颂。然而，他的部分诗作过于隐晦曲折，难以解读，以至于有“诗家皆赞西昆美，唯憾无人解郑笺”之叹。李商隐身处牛李党争的复杂局势中，一生仕途坎坷，未能得志。他去世后葬于故乡沁阳，即现今河南焦作市沁阳与博爱县交界之处。作品收录于《李义山诗集》。

临发①崇让宅②紫薇

一树浓姿③独看来，秋庭暮雨类轻埃④。
不先摇落⑤应为有，已欲别离休更开。
桃绥⑥含情依露井⑦，柳绵⑧相忆隔章台⑧。
天涯地角同荣谢，岂要移根上苑⑩栽。

注释

①发：出发，启程。②崇让宅：王茂元（李商隐岳父）位于洛阳的居所。③浓姿：花树

完全盛开时的姿态。④轻埃：细小的尘埃，比喻蒙蒙细雨如轻埃般弥漫。⑤摇落：凋零、飘落。⑥桃绥：绥，丝带。形容桃花的光泽，美丽细腻，如丝带的质感。⑦露井：没有盖的井。⑧柳绵：柳条柔软如丝绵细腻轻柔的质感。⑨章台：战国时期秦国的宫殿，位于陕西长安区故城西南角。唐代诗人韩翃有姬妾柳氏，在安史之乱中失散被迫出家为尼，韩翃派人寄去一首诗，诗中道："章台柳，章台柳，昔日青青今在否？"⑩上苑：即上林苑，位于长安以西，原为秦代旧苑，后由汉武帝扩建，周围广达三百里。据《西京杂记》记载："初修上林苑，群臣远方各献名果异卉三千余种植其中。"

释义

一树孤独的紫薇，千娇百媚怒放开来，深秋庭院，绵绵雨丝，细蒙蒙如尘埃。紫薇花迟迟不肯凋零，是在等待有心人的欣赏。而今，赏花之人将离去，花也不必再开。对紫薇情有独钟的桃花紧紧依偎在露井之旁，柔美婀娜的柳条与紫薇间的深深思念竟被章台相隔。即便花开在天涯海角，经历着同样的荣枯轮回，又何必非要将它们移植到那上林苑中？

鉴赏

李商隐为王茂元的女婿，对崇让宅的一切都颇为熟悉。会昌元年（公元 841 年），王茂元任忠武节度使及陈许观察使（其治所位于陈州，今河南淮阳县）。同年秋，李商隐受邀前往陈许担任掌书记一职。此诗乃李商隐离开洛阳崇让宅的前夕，于绵绵秋雨中观紫薇花有感而发所作。

诗篇勾画出秋庭幕雨的背景衬托下一树繁花鲜艳触目的景象，明暗对比强烈，正象征着诗人自己与周围环境的尖锐冲突，次联刚提出"有"，紧接着便是"别离"，希望转为失望，感情抑扬起伏。颔联承接离别主题，抒发了诗人的家室之思。诗的结尾故作宽慰之语，却仍旧难掩离京的失意与伤感。整首诗含蓄内敛，情义深沉。

首联描绘崇让宅庭院中，一树紫薇花绚烂夺目。诗人独赏这满树繁花。此时，绵绵秋雨细如尘埃，漫天飘散。"独看"二字，既表现出诗人此刻孤独落寞无人相伴，也映射出紫薇花的寂寥无人欣赏。颔联"不先摇落应为有，已欲别离休更开"，意谓紫薇花在秋天仍未凋落，应是为我特意绽放，而此刻我即将离开此地，前往他乡，即便花开得再美，也无人来欣赏了，还是不要再开了吧。在这四句诗中，作为被欣赏对象的紫薇与作为欣赏者的诗人之间似是建立了一种深厚的情感联系，彼此间惺惺相惜，仿佛已经融为一体，合二为一。

颈联引入桃树和柳树与紫薇形成了鲜明的对比。生于露井旁的桃树和长于章台的柳树，相较于空庭暮雨中的紫薇，它们似那些恰逢其时、春风得意者。"桃绥"佩戴在贵官身上，此处拟人，隐喻与诗人同年登第却仕途顺畅、春风得意者；"柳绵"飘于繁华街市，则可能比喻那些在京城为官的同年。露井之桃、章台之柳，都占据了得天独厚的地利，它们的繁茂与得意更加凸显反衬出紫薇在空寂庭院中的落寞无主之状。

尾联写无论是种植于皇城上苑的桃柳，还是流落至“天涯地角”的紫薇都要经历同样的荣枯兴衰，又何必非得以“移根上苑”为幸运？“天涯地角”喻自己即将离开东都洛阳的崇让宅，远赴他乡；“移根上苑”则喻在京城担任显赫要职。诗人显然是以紫薇自比，“岂要”一词实乃无奈中的自嘲，而这背后，又隐含着难以掩饰的愤懑与不平。从更深层次看，诗人的内心深处始终怀揣着一个置身于朝廷、实现政治抱负的“梦”。这个梦如一道无形枷锁困扰了他一生，几乎令他不论何时何地，都会不由自主地将其与自己的政治理想相联系。遗憾的是，梦境终难成现实，李商隐因此成为一个不折不扣的追梦者。

唐彦谦

唐彦谦（？—893年），字茂业，籍贯为并州晋阳（今山西省太原），中书舍人唐次之孙，唐朝开国功臣、礼部尚书唐俭之后，官至阆州、壁州刺史。咸通末年，唐彦谦参加科考，自负才高，不肯屈居人下，十余年不第。乾符末年，河南盗起，两都覆没，迁其家避居汉南。中和年间，王重荣镇守河中，唐彦谦被征辟为从事，逐步升迁，官至河中节度副使一职，其间还相继出任过晋州与绛州的刺史。至光启末年，因王重荣遭其部下所害，朝廷问责王重荣的部下，唐彦谦与书记李巨川因此被贬至汉中担任掾曹。彼时，镇守兴元的杨守亮早已对唐彦谦的名声有所耳闻。唐彦谦前去会见杨守亮，杨守亮见之，喜握唐彦谦的手说：“闻尚书名久矣，邂逅于兹。”次日，署为判官。累官至兴元节度副使，阆州、壁州刺史，卒于汉中。

唐彦谦才华横溢，学识渊博，其文辞瑰丽宏伟，书画、音乐及饮酒方面造诣深厚，此外，他还特别擅长创作七言诗。青少年时期，他曾师从温庭筠，故而其文风与温庭筠颇为相近。他著有数百篇诗歌，由礼部侍郎薛廷珪为之作序，结集为《鹿门先生集》，在当时广为流传。

紫薇花

素秋①寒露重，芳事固应稀。

小槛临清昭，高丛见紫薇。

温麐（mí）②终有思，暗淡岂无辉。

见欲迷交甫，谁能状宓妃[3]。
妆新犹倚镜，步缓不胜衣。
恍似新相得，伥[4]如久未归。
又疑神女过，犹佩七香帏。
还似星娥[5]织，初临五彩机。
庆云今已集，威凤莫惊飞。
绮笔题难尽，烦君白玉徽。

注释

①素秋：古代五行之说，秋属金，其色白，故称素秋。②縻（mí）：古同“縻”，牛的缰绳。③宓妃：古代传说为洛水女神。李商隐《无题四首》：“贾氏窥帘韩掾少，宓妃留枕魏王才。”李德裕《鸳鸯篇》：“既逢解佩游女，更值凌波～。”李白《感兴六首》：“洛浦有～，飘飖雪争飞。”《楚辞·屈原·离骚》：“吾令丰隆乘云兮，求宓妃之所在。”刘兼《倦学》：“乐广亡来冰镜稀。～媒母混妍媸。”④伥：迷茫，不知所措。⑤星娥：神话传说中的织女。唐·李商隐《圣女祠》诗：“星娥一去后，月姊更来无？”朱鹤龄注：“星娥谓织女。”

释义

秋季的寒露变得沉重，美好的事情自然会稀少。我站在小小的栏杆前俯瞰着清澈的池塘，高高的花丛中隐约可见紫薇花。紫薇花温柔细腻总是让人心生思绪，即使在暗淡之中也依然散发光辉。看到美景欲迷人心，又有谁能将宓妃的容貌描绘出来呢？她如同新妆初成，倚着镜子欣赏自己的容颜，步履缓慢似乎连衣裳都承受不住她的娇弱。她恍如我新结识的知己，又像是我久违归来的故人。我又怀疑是不是神女经过，还佩戴着七香帷，还像天上的织女降临到五彩织机旁。欢庆的彩云如今已经聚集，威武的凤凰莫要惊飞。这样绮丽的景象，用笔难以尽写，恳请您弹奏有白玉琴徽的琴，为这篇文字增添些许光彩吧。

鉴赏

“素秋寒露重，芳事固应稀。小槛临清昭，高丛见紫薇”，描绘了深秋时节，清澈的池塘旁，紫薇花在高高的花丛中绽放。直接突出紫薇的独特，与周围的其他植物不一样，一眼便能注意到。

“温縻终有思，暗淡岂无辉”，是说紫薇温柔细腻、让人心生怜爱。“见欲迷交甫，谁能状宓妃。妆新犹倚镜，步缓不胜衣”“又疑神女过，犹佩七香帏。还似星娥织，初临五彩机。”这几句运用大量的比喻和拟人，将紫薇花比作新妆初成的少女，步态轻盈优雅，又将她比作神女经过、织女降临五彩机，生动描绘了紫薇花柔和而深邃的美丽。这些比喻和拟人增强了诗歌的形象性和感染力，也突出了紫薇花的独特魅力，表达了诗人对紫薇的喜爱。

此外，“恍似新相得，依如久未归”，这两句中诗人觉得紫薇既像是刚刚相遇的知己，又像是久违的故人。他仿佛与紫薇花建立了深厚的情感联系，对紫薇花不仅仅是喜爱，还有深深的眷恋。这种情感上的共鸣和交融，使得整首诗更加具有感染力和深度。

结尾“庆云今已集，威凤莫惊飞。绮笔题难尽，烦君白玉徽”，寓意吉祥和美好的事物已经聚集在一起，希望紫薇花能永远绽放美丽。同时，诗人觉得再好的文笔也难以描绘紫薇花的美丽，只有用有白玉琴徽的琴为它弹奏一曲才能衬托它的美丽。表达了自己对紫薇花的赞美和敬意之情。整首诗充满想象力与感染力，读来趣味十足。

杜　牧

杜牧（803— 852 年），字牧之，籍贯京兆万年（今陕西省西安市）。唐朝著名文学家，其祖父是宰相杜佑。大和年间中进士，初任校书郎，随后历任淮南节度使掌书记、监察御史、宣州团练判官、殿中侍御史、内供奉、左补阙、史馆编撰、司勋员外郎等职务，后被外放至黄州、池州、睦州、湖州等地担任刺史。晚年，杜牧长期居住于樊川别舍，故世人称为杜樊川。大中六年，杜牧去世，享年五十岁。

杜牧性情刚毅正直，不拘小节，不屑于逢迎拍马。他自认为具备经略之才，其诗文皆享有盛名。在他的文章著作中，《阿房宫赋》尤为著名。他的诗作以明丽隽永著称，特别是绝句诗备受赞誉，与李商隐合称“小李杜”。他的代表作如《泊秦淮》《江南春》《赤壁》《题乌江亭》等，都是脍炙人口的名篇。杜牧年轻时好读兵书，曾注解曹操所定的《孙子兵法》十三篇。此外，他还撰写了《罪言》《战论》《守论》《原十六卫》等文章讨论当时的军事。会昌三年（843 年），昭义军叛乱，杜牧上书宰相李德裕，讨论用兵之策，被李德裕采纳。杜牧还著有《樊川文集》。

紫薇花

晓迎秋露一枝新，不占园中最上春①。
桃李无言②又何在，向风偏笑艳阳人③。

注释

①上春：早春。②桃李无言：典故出自《史记 · 李将军列传》，“桃李不言，下自成蹊”，指桃花、李花默默无言，但是它们的花儿开得鲜艳多彩，自然引得人们前来欣赏，树下都

踏出了一条路。杜牧在这里用桃李的朴素与花期之短来反衬紫薇的繁盛与花期之长。③艳阳人：这里指那些在艳阳天里开放的花朵。

释义

秋寒露重，一枝初绽的紫薇花静静迎接晨光，不曾与那些早春园中的群芳争妍斗丽。无言的桃李此刻又身在何方，只见紫薇花独自屹立于寒冷的秋风中，嘲笑那些只在春暖艳阳时开放的花朵。

鉴赏

紫薇于夏日始绽，花期自盛夏绵延至深秋，历时三四个月之久。杜牧此诗聚焦于紫薇花期长的特点，颂扬其不慕春光、谦逊低调之姿。“晓迎秋露一枝新”，开篇即点明紫薇绽放的时节，于秋季清晨，紫薇迎寒露而展新姿，一朵朵花朵鲜嫩欲滴。“迎”字赋予紫薇以人的意志，彰显其无畏秋凉，傲然绽放，装点秋色之美。“不占园中最上春”，春日里，百花争妍，紫薇却不与争春，于夏季始盛，至秋末不衰。诗人寄情于紫薇，赞扬紫薇不与群芳争春的谦逊品质，同时也赞美了那些同样具备谦逊美德的人。诗人写紫薇，却并未在诗中提及“紫薇”二字，这种新奇的写作手法令读者在品读中悄然领略紫薇的独特魅力，体味到紫薇清新、俏丽、独占秋光的风采，以及不与群芳争春、淡雅高洁、谦逊自持的风骨与品格。此诗被誉为咏紫薇诗中的典范之作，诗人独到的构思赋予此诗强大的内在张力，令人称奇，杜牧也因此得到了“杜紫薇”的雅称。

题白蘋①洲

山鸟飞红带，亭薇拆紫花。
溪光初透彻，秋色正清华。
静处知生乐，喧中见死夸。
无多珪组②累，终不负烟霞。

注释

①白蘋：即白苹，水鳖科水鳖属的浮水草本植物，叶片浮于水面之上，于夏秋季节绽放出洁白的小花，因此得名。②珪组：古代官员身上佩戴的饰物，象征着地位和权力。

释义

山鸟飞翔，尾巴上的羽毛仿佛是红色的飘带；亭子旁边的紫薇花正在盛开，紫色的花瓣犹如拆开的锦绣。清澈的溪水反射出秋日的光辉，秋天的景色也正在展现出其清新和华丽的一面。只有在宁静的环境中，才能真正感受到生活的乐趣；而在喧嚣的环境中，人们往往会陷入虚荣和浮夸之中。（希望）没有太多的世俗牵挂和束缚，不辜负烟霞。

鉴赏

整首诗可以分为两个部分，前四句描绘白蘋洲的自然风光，后四句则表达诗人对人生的感悟和思考。

“山鸟飞红带，亭薇拆紫花”这两句诗通过描绘山鸟和紫薇花，展现了白蘋洲的美丽景色。山鸟飞翔，红色尾羽如飘带划过天空，仿佛在翩翩起舞，紫薇花盛开，绽放出紫色的花朵。这两句诗不仅描绘了自然景色，还通过“红带”和“紫花”的色彩对比，增强了诗歌的艺术效果。

“溪光初透彻，秋色正清华”进一步描绘了白蘋洲的秋景。溪水清澈见底，反射出秋日的阳光，形成了一道美丽的风景线；秋色清新华丽，给人留下了深刻的印象。这两句诗通过细腻的描绘，展现了白蘋洲秋日的美丽和宁静。

“静处知生乐，喧中见死夸”，这两句诗则表达了诗人对人生的感悟和思考。在静谧的环境中，人们才能真正感受到生活的乐趣和美好；而在喧嚣的环境中，人们往往会失去自我，陷入虚荣和浮夸之中。这两句诗深刻揭示了人们在面对不同环境时的心态和行为，发人深省。

最后两句诗则表达了诗人对自由生活的向往和追求。诗人希望自己能够摆脱世俗的束缚和羁绊，不被权力和地位所累，过上自由自在的生活，与大自然融为一体，享受烟霞的美丽和宁静。这两句诗展现了诗人对自由生活的渴望和追求，也表达了诗人对自然美的热爱和赞美。

总的来说，这首《题白蘋洲》是一首充满紫薇文化、描绘自然景色、表达人生感悟的优秀诗篇。杜牧通过细腻的描绘和深刻的思考，将白蘋洲的美丽景色和诗人的人生感悟融为一体，表达了对宁静致远、自由无羁生活的深切向往，展现出了一种高洁、清雅和优美的艺术境界。

杨于陵

杨於陵（753—830年），字达夫，汉代太尉杨震第五子杨奉的后裔。父杨太清，客居河朔，死于安史之乱。六岁时因战乱避居到建昌（今永修），少年就有奇志。十九岁擢进士第，授润州句容（今江苏）主簿，节度使韩滉将女儿嫁给他。贞元八年（792年），入朝为膳部员外郎。历任吏部郎中、中书舍人、潼关防御、镇国军使（今陕西华县）、浙东（今浙江绍兴）观察使，入为京兆尹（即首都长安的行政长官)),在此期间,他严明执法,使得"奸人无所影赖,京师豪右大震"。官至户部侍郎,政绩显赫。

郡斋有紫薇双本,自朱明接于徂暑,其花芳馥,庭宇之内迥无其伦,予嘉其美而能久,因诗纪述

晏朝受明命,维夏走天衢,逮兹三伏候,息驾万里途,
省躬既局蹐[1],结思多烦纡,簿领幸无事,宴休谁与娱,
内斋有嘉树,双植分庭隅,绿叶下成幄,紫花纷若铺,
摛霞[2]晚舒艳,凝露朝垂珠,炎沴昼方铄,幽姿闲且都,
夭桃固难匹,芍药宁为徒,懿[3]此时节久,讵[4]同光景驱,
陶甄[5]试一致,品汇乃散殊,濯质非受彩,无心那夺朱,
粤予负羁絷[6],留赏益踟蹰,通夕靡云倦,西南山月孤。

注释

①局蹐:亦作"踢蹐",指局促不安,小心谨慎。②摛霞:"摛"形容舒展、散布,这里指晚霞铺满天空。③懿:赞美,称颂。④讵:不。⑤陶甄:大自然。⑥羁絷:束缚,拘谨。

释义

黄昏时分,我得到朝廷命令,正值初夏,我匆匆前往郡守官署。不远万里在三伏天来到湖南当官,其中的劳顿就不必说了。直到这炎热的三伏天,才停下长足跋涉的脚步。自我反省时常感到局促不安,思绪纷繁复杂,愁闷郁结。幸好公务并不繁忙,可宴乐休息的时候又能与谁分享,但是这官署里有两棵巨大的紫薇树,分别种植在庭院的角落里。那绿叶如同帷幕,紫花落下,仿佛锦绣。晚上紫薇花如同晚霞,早上又带露而开,这么热的天,白天花朵却明丽绚烂,又别有一种悠闲大气的美丽。桃花简直不能和紫薇花相比,芍药花也只能甘拜下风,我赞美紫薇能在这样的时节长久绽放,不和其他花朵一样匆匆凋零。虽然万物都由自然陶冶而成,但他们的品性与种类却不同。紫薇本质质朴,无心去争夺那上品花之位。我因公务束缚得以在此欣赏紫薇,心中充满不舍,整夜都未感疲倦,直到西南山上孤月高悬。

鉴赏

"晏朝受明命,维夏走天衢,逮兹三伏候,息驾万里途,省躬既局蹐,结思多烦纡,簿领

幸无事，宴休谁与娱”诗人叙述了自己因公务奔波而生的烦闷疲惫。这为后文对紫薇花的赞美做了铺垫，突显了紫薇花在作者心中的独特地位。

“双植分庭隅，绿叶下成幄，紫花纷若铺，摛霞晚舒艳，凝露朝垂珠，炎沴昼方铄，幽姿闲且都”诗人详细描绘了紫薇花的美丽，绿叶茂密如帐篷，紫花纷纷如锦缎，晚霞般的艳丽和清晨的露珠，都使得紫薇花显得格外动人。诗人通过细腻的笔触，将紫薇花的美丽展现得淋漓尽致。

“夭桃固难匹，芍药宁为徒”这两句通过将紫薇与夭桃、芍药对比，进一步突显了紫薇花的花期持久，不像其他花朵那样匆匆凋零，体现了紫薇花坚韧不拔的品质，这也是紫薇花的独特魅力。“懿此时节久，讵同光景驱”这两句同是描绘紫薇花期持久，赞美其坚韧不拔。

“濯质非受彩，无心那夺朱”这两句体现紫薇花纯洁无瑕、清新脱俗。“粤予负羁絷，留赏益踟蹰，通夕靡云倦，西南山月孤”，表达诗人因公务所束缚而流连忘返的情感，以及对紫薇花的深深喜爱和赞美之情。

郑　畋

郑畋（tián）（825—887 年），字台文，籍贯荥阳，桂管观察使郑亚之子，唐朝宰相、诗人。郑畋出身于荥阳郑氏，进士及第后在藩镇幕府任职。咸通五年（864 年），郑畋入朝为官，逐步升迁，曾任户部侍郎、翰林学士承旨，后因犯错，被贬为梧州刺史。唐僖宗登基后，郑畋重返朝廷，任兵部侍郎。乾符四年（877 年），升任门下侍郎、集贤殿大学士，正式拜相。然而，乾符六年（879 年），郑畋因在招安黄巢问题上与卢携意见不合，被免去相位，降职为太子宾客。广明元年（880 年），他出任凤翔陇右节度使，长安失守后，在龙尾坡大败黄巢军，并发布檄文，号召各地藩镇联合讨伐黄巢。中和元年（881 年），因部将李昌言发动兵变，郑畋被迫撤离凤翔。次年（882 年），郑畋被召至成都，任司空、门下侍郎、同中书门下平章事，负责军务。但中和三年（883 年），郑畋受到田令孜排挤，改任检校司徒、太子太保，后被其子郑凝绩接至陇州居住，不久在陇州逝世，追赠太尉、太傅，谥号“文昭”。

中秋月直禁苑

禁署[①]方怀忝，纶闱[②]已再加。
暂来西掖[③]路，还整上清槎[④]。

恍惚归丹地⑤，深严⑥宿绛霞。

幽襟⑦聊自适，闲弄紫薇花。

注释

①禁署：指皇宫或朝廷的官署。②纶闱：指纶阁，即内阁。③西掖：指中书省，因其在皇宫西边，故称。④上清槎：此处指简陋的住处。⑤丹地：指神仙所居之地。⑥深严：指庄严而神秘。⑦幽襟：指清幽的胸怀。

释义

身处禁苑之中我深觉愧对高位，内阁的重任再度加身。我暂时走在中书省的路上，又来整理简陋的住处。仿佛间，我回到了神仙所居的丹地，那里庄严神秘，笼罩在绛红色云霞之下。我内心在清幽之中聊以自适，悠然地赏玩着庭院中的紫薇花。

鉴赏

第一句"禁署方怀忝，纶闱已再加"，诗人以自己身处禁苑而有所感慨，表达出对曾经在朝廷中任职的怀念和惋惜之情。纶闱指内阁，再加表示诗人曾经多次担任要职。第二句"暂来西掖路，还整上清槎"，诗人表示自己暂时来到禁苑，在居所整理情绪。第三句"恍惚归丹地，深严宿绛霞"，诗人在观赏月亮的时候，感到自己心境恍惚，仿佛回到了仙境。丹地指的是仙境，绛霞则暗喻朝廷的辉煌和庄严。最后两句"幽襟聊自适，闲弄紫薇花"，诗人通过观赏月亮来反映自己的情感，仿佛与世隔绝。"闲弄紫薇花"说自己内心勉强自得其乐，闲暇之余把弄紫薇花，表达出对理想和追求的向往。

整首诗凭借细腻的情感描写和间接的表达方式，展示了诗人的内心世界。以中秋佳节为时间背景，刻画了诗人在禁苑中赏月的场景，以望月的方式表达自己对政治的思考和感慨。他身处禁苑之中，感慨自己曾经有过在朝廷中任职的经历，同时也表达了对当下政治环境的失望和疑虑。诗人在观赏月亮的同时，也在借景抒发自己内心的苦闷。

张九龄

张九龄（678—740 年），字子寿，一名博物，汉族，籍贯韶州曲江（今广东韶关市），唐朝开元时期尚书丞相，著名诗人。长安年间，进士及第。官至中书侍郎同中书门下平章事。后遭罢相，贬为荆州长史。他是一位有胆识、有魄力、有远见卓识的著名政治家、名相。他忠耿尽职，公正守则，敢于直谏，选贤任能，不趋炎附势，不徇私枉法，不同流合污，敢与恶势力作斗争，为"开元之治"的盛世局面作出了积极贡献。他还是位才华横溢的杰出文学家、诗人，有《曲江集》。

他的诗风清新淡雅，尤以五言古诗见长，语言质朴凝练，意境深远，寄托了对人生哲理的深刻感悟，对扫除唐初沿袭的六朝绮靡诗风作出了极大贡献，被誉为"岭南第一人"。"海上升明月，天涯共此时"即出自张九龄《望月怀远》。

紫薇庭芍药/苏侍郎紫薇庭各赋一物得芍药

仙禁生红药，微芳不自持。
幸因清切地，还遇艳阳时。
名见桐君箓①，香闻郑国诗②。
孤根若可用，非直爱华滋③。

注释

①桐君箓：即《桐君采药录》，世界上最早的一部制药学专书。②郑国诗：《诗经·国风》中的《郑风·溱洧》篇有"赠之以芍药"的诗句。③华滋：这里指红芍药的华丽香艳。

释义

宫禁苑中生长着红色芍药，它散发淡雅芬芳却不曾自持。幸运的是，生长在这清新幽雅的地方，又遇到艳阳高照的好时节。它的名字已经记载在桐君的采药录中，它的芬芳也已在郑国的诗中传诵。如果这孤独的根苗能被加以利用，不仅是因为人们喜爱它华丽的姿色，更在于它有着超越外表的价值。

鉴赏

张九龄的这首咏芍药诗展现出一种冷静客观的艺术风格。诗中的紫薇庭指朝廷中书省的办公场所。苏侍郎似指苏颋，张九龄与苏颋各赋一物。唐明皇赏识苏颋的文采，将其由工部侍郎擢升为紫微侍郎，参与政事处理。《全唐诗》收录其诗二卷，近百首。他与张九龄各赋一物，但他所赋的具体之物已经不清楚。

首句"仙禁生红药，微芳不自持"中，"仙禁"即朝廷禁地，红芍药花生于朝廷禁地，而不是在上林芳园中，有群花环护，宏伟绚丽，变化多样，因而"微芳不自持"，些微芬芳不曾自持，也不足以自持，颇具拘谨意味。随后，"幸因清切地，还遇艳阳时"一句，笔锋一转，指出仙禁之地并非专为花卉而设，芍药在此当然孤掌难鸣，难以绽放魅力，远不如生于山林之野，舒卷随心。但还算幸运的是，这里的环境清新幽雅，正合芍药之喜好，加之又遇艳阳高照的好时节，芍药理应感到心满意足了。这里对芍药花的描绘，既保持了冷静客观的叙述,也委婉地进行了倾诉与劝解。接下来的两句"名扬桐君箓,香闻郑国诗",继续承接前文芍药花得名于时地。芍药你的芳名早已被桐君所记载,你的馥郁之香也被诗经所传颂。桐君,据传乃黄帝时期之名医,曾隐居浙江桐庐县东山桐树之下。桐君箓即《桐君采药箓》,为后人所伪托。郑国诗,则是指《诗经·国风》中的郑风《溱洧》篇有"赠之以芍药"的诗句。如此来看,生于仙禁的芍药,或者泛指所有的芍药都应该感到满足。末句"孤根若可用、非直爱华滋"说到芍药如果根可以加以利用那不仅是因为它的姿色,而是因为具有药用等实用价值,表现出芍药的独特价值,突出诗人对它的喜爱与赞赏,也借芍药喻自己在中书省任职是忠心为国恪尽职守,发挥自己的作用。

这首咏芍药诗中,芍药被赋予了独特的时空背景——紫薇庭。并强调芍药之所以备受瞩目,并非仅仅因为其芳香艳丽的外表,更重要的是其药用价值,这当然是张九龄自己对芍药的看法。禁苑中种植芍药的主要目的可能并非药用,而是更多地出于美化环境的考虑。张九龄,这位出身偏远却身居相位、辅佐天子的权臣,得入宫禁重地,无时无刻不保持着兢兢业业的态度,不敢有丝毫懈怠。他曾在一首咏燕诗中说"海燕何微渺,乘春亦暂来。岂知泥滓贱,只见玉堂开。绣户时双入,华堂日几回。无心与物竞,鹰隼莫相猜。"据传,李林甫曾经猜忌张九龄,张借此诗明志,两人的关系才稍稍缓解。由此推断,张九龄借咏芍药来表明自己"孤根若可用"之志也是完全有可能的。可以说,张九龄的这首咏芍药诗深刻展现了其谨慎守道、清正廉洁、忠心为国的风范。他在《和黄门卢侍御咏竹》诗中提到"高节人相重,虚心世所知",这与"孤根若可用"一脉相承。遗憾的是,唐明皇后来却罢黜了张九龄,重用口蜜腹剑的李林甫,这一决策标志着大唐王朝逐渐走向衰落。安史之乱爆发时,唐明皇逃难至蜀地,才想起当年张九龄的劝谏与忠告,但此时已追悔莫及。"孤根若可用,非直爱华滋",世人赏芍药之香艳时亦勿忘张九龄的肺腑之言。

韩偓

韩偓(842—923年),字致光,号致尧,晚年又号玉山樵人。唐代诗人,籍贯京兆万年(今陕西西安)。幼年时便聪颖好学,10岁时曾于宴席上即兴赋诗赠其姨父李商隐,令在场的宾客无不惊叹,李商隐更是对其才华给予了高度评价,赞其诗"雏凤清于老凤声"。龙纪元年(889年),韩偓进士及第,最初任职河中镇节度使幕府,后入朝为官,历任左拾遗、左谏议大夫、度支副使、翰林学士。韩偓信仰道教,擅长写宫词,题材多为艳情,遣词造句优美华丽,人称"香奁体"。后梁龙德三年(923年),于南安市龙兴寺病逝,葬于葵山。著有《玉山樵人集》。

李太舍池上玩红薇

花低池小水泙泙，花落池心片片轻，
酩酊不能羞白鬓，颠狂犹自眷[①]红英。
乍为旅客颜常厚[②]，每见同人眼暂明，
京洛园林归未得，天涯相顾一含情。

注释

①眷：原作“睠”，同“眷”，垂爱，依恋。②颜常厚：因“乍为旅客”，出门在外多有须求人帮忙之处，只得厚着脸皮。

释义

在李太舍的池塘边，我陶醉在盛开的红薇之中，花朵在池水中漂浮，水波荡漾；花瓣飘落在水面，轻柔如片片轻云。我喝得酩酊大醉，顾不上为两鬓白发羞愧，依然痴狂地眷恋着那红薇花。初为异乡之客的我，脸上总带着几分厚颜的笑。每次见到同道之人，眼神都会一阵明亮。京洛的园林我尚未去得，但与李太舍相互凝望，眼中饱含深情。

鉴赏

这首诗描述的是韩偓在李太舍的池塘边，醉心地欣赏着盛开的红薇花。诗人借用红薇花的景象，表达了自己内心的喜悦和激动，以及对美景的赞叹。花朵低垂，水波荡漾，形成了一幅美丽的画面。红薇花从树上飘落，柔和轻盈，如同飘零的云朵。醉酒的诗人顾不上两鬓白发痴狂地眷恋着红薇花。韩偓作为旅客，得到了好友的热情接待，每次见到同道之人，都感受到他们眼中喜悦的光亮。尽管还未得见京洛的园林，但与亲密的朋友们凝望相视，彼此怀有深情。整首诗以红薇花为基调，融入了酒和友情的情感，表达了诗人对美景和友谊的珍视，以及对自己处境的暗示。这首诗以简洁自然的语言描绘，节奏流畅，意境清新，给人以愉悦和舒适的感受。

第一章习题

第一章习题答案

第二章 宋

程俱

程俱(1078—1144年),字致道,号北山,籍贯衢州开化,北宋官员、诗人。因外祖邓润甫恩荫而步入仕途,宣和三年被赐予上舍出身。历官望江主簿、太常少卿、秀州知府、中书舍人侍讲、提举江州太平观、徽猷阁待制。程俱为人刚毅正直,颇具气节,与叶梦得、贺铸交好。作诗的才能也卓越突出,风格独特。他的诗多为五言诗,诗风清劲古淡。一生写诗万余首,随写随散,有《北山小集》,收入《北山小集》的只有900来首。集中有《和柳子厚诗十七首》,和韦应物诗,效白居易体,此外,又和了一些陶渊明的诗。其友叶梦得赞其"兼得唐中叶以后名士众体"(《宋诗纪事》卷四十引)。程俱明确提倡效仿学习陶渊明的诗,并认为学习陶渊明不能只是言语上的表面模仿,关键是领悟其"心源",要像陶诗那样"妙语自天与"(《读陶靖节诗》)。《宋诗钞·北山小集钞序》说其"取涂韦、柳,以窥陶、谢,萧散古澹,有忘言自足之趣,标致之最高者也"。除了诗歌创作外,程俱的文章也堪称典雅闳奥,切中时弊。他主张"直道虽不可尽行于天下,天下终不能痹直道。"他的文章逻辑严密、论证有力、语言生动、风格独特、自成一派,政论文尤为出色。散文方面同样具有卓越成就,当时朝中誉其有韩退之之风。

秋华无几尚有紫薇相对里巷间

晚花如寒女,不识时世妆。
幽然草间秀,红紫相低卬。
荣木事已休,重阴閟深苍。
尚有紫薇花,亭亭表秋芳。
扶疏缀繁柔,无复粉艳光。

第二章彩图

空庭一飘委，已觉巾裾①凉。
手中蒲葵箑②，虽复未可忘，
仰视白日永，凄其感冰霜。

注释

①巾裾：指衣物的前襟与后襟，也可指代衣裳。②箑：扇子。

释义

迟开的花朵如同贫寒的女子，不知道当下流行的妆容，独自在草丛中绽放，红色和紫色的花朵低垂。高大繁荣的树木已经枯萎，树荫却依旧覆盖天空。虽然在深秋，但是还有紫薇花亭亭玉立。茂盛的枝叶上点缀着朵朵鲜花，没有什么比它更美丽了。空荡的庭院里花瓣纷纷飘落，才让人感受到衣裙间的凉意，手里拿着蒲葵扇子，即使没有忘记现在是秋天，但是直视太阳，仍然觉得寒冷。

鉴赏

在本诗中的首句，作者并未直接描述紫薇花的形态特征，而是将其比作"寒女"，用以突出紫薇花不与其他花卉同放的特征，在这里作者也是在暗喻自己不愿与世俗同流合污，同时首句也奠定了全文的感情基调。从第二句开始作者就用大量笔墨来描写紫薇花的形态特征，赞扬紫薇花的美丽，"无复粉艳光"则直接表达了作者对紫薇的喜爱，在作者心中没有什么花卉能比紫薇更美丽。但是在此之后，笔锋一转，描写紫薇花凋零的情景，方才让作者察觉深秋已至，虽然在太阳下面，却觉得无比寒冷。

欧阳修

欧阳修(1007—1072 年)，字永叔，早年自号醉翁，晚年号六一居士，籍贯江南西路吉州庐陵永丰(今江西省吉安市永丰县)，北宋杰出政治家、文学家及史学家。欧阳修四岁丧父，家境贫寒却自幼好学。宋仁宗天圣八年(1030 年)，考取进士，步入仕途。景祐元年(1034 年)出任馆阁校勘，两年后却因替遭贬的范仲淹申辩而被贬至夷陵。后复职，升知谏院、知制诰等职，支持并参与推行庆历新政。新政最终失败，后因坚持上疏反对罢免范仲淹等事，再度被外放至知滁、扬、颍及应天等州府。数年后，欧阳修才再度被召回朝廷，升任翰林学士。嘉祐五年(1060 年)升任枢密副使，次年又拜参知政事。宋英宗即位后，又被卷入濮议之争中，备受非议。宋神宗即位后，欧阳修则力求辞位，先后出任知亳、青、蔡三州，并对熙宁变法的部分措施持反对态度。熙宁四年(1071 年)，欧阳修以太子少师的身份致仕，次年与世长去，享年六十六岁。追赠太师、楚国公，赐谥号“文忠”，故世称“欧阳文忠”。

在文学领域，欧阳修是北宋诗文革新运动的领袖人物之一。他尊崇韩愈的文风，大力反对当时浮靡的文风，他的文章盛名于世，被誉为“唐宋八大家”及“千古文章四大家”之一。欧阳修喜好推许扶持后进之辈，王安石、曾巩、苏洵父子等都曾受到他的赏识、提携和培养，对北宋文学的发展具有深远影响。他的文章风格曲折婉转，但又清晰易懂，擅长抒发情感且说理流畅通达，对宋朝一代的文风产生了重要影响。同时，他的诗风雄浑有力却又不失清新秀丽，词风则温婉含蓄，富有韵味。除此之外，欧阳修在经学、史学、金石学等方面也取得了卓越的成就，苏轼誉他“事业三朝之望，文章百世之师”。他曾主修《新唐书》，并独立撰写了《新五代史》。如今，他的诗词文集《欧阳文忠公集》及《六一词》等仍传世不衰。

聚星堂前紫薇花

亭亭紫薇花，向我如有意。
高烟晚溟蒙①，清露晨点缀。
岂无阳春月，所得时节异。
静女不争宠，幽姿如自喜。
将期谁顾眄②，独伴我憔悴。
而我不强饮，繁英行亦坠。
相看两寂寞，孤咏聊自慰。

注释

①溟蒙：下小雨的样子。②顾眄：回视。

释义

亭亭玉立的紫薇花，似乎对我有意。傍晚的高烟笼罩着紫薇花，清晨的露珠点缀花间。难道没有阳春的月亮，只是紫薇开放的时节与其他花不同罢了。这位静谧的女子不争宠，她的幽美姿态似乎自得其乐。约定的人何时会回眸，只有我孤单地陪伴着她的憔悴。我不强迫自己饮酒，繁华的花朵也会凋谢。我们相互凝视，彼此孤寂，只有孤独的吟咏能自我慰藉。

鉴赏

这首诗词以紫薇花为主题，通过描绘花朵的美丽和自然景色的变化，表达了诗人内心的情感和思考。诗中的紫薇花被赋予了人的意识和情感，似乎对诗人有所期待和关注，这种拟人化的描写增加了诗词的浪漫氛围。

诗人通过描绘高烟以及清晨的露珠，展示了自然界的美丽和变幻。阳春的月亮被视为一种美好的时节，但诗人认为自己所处的时节与众不同，暗示了他内心的孤独和不被理解的感受。

紫薇宛如安静的女子一样，她的幽美姿态似乎是自我满足的，表达了诗人对于内心深处的宁静和自在的向往。诗人表达了对于约定的人何时回眸的期待，同时也表达了自己孤独的状态和对于寂寞的吟咏的自我慰藉。

整首诗词以自然景色和紫薇花为背景，通过描绘诗人的情感和思考，表达了对内心世界的探索和对孤独的思考。这首诗词以简洁的语言和深刻的意境，展示了欧阳修独特的艺术才华和对人性的思考。

陶弼

陶弼(1015—1078年)，字商翁，籍贯永州(今湖南省祁阳市)，陶岳之子，宋代诗人。性格豪迈，精通兵法，同时擅长写诗，被誉为“左手诗书，右手孙吴”，展现了其文武双全的才华。庆历年间，陶弼成功镇压瑶民起义，被任命为阳朔主簿。皇祐年间，他调任至柳州担任司理参军。皇祐四年，成为杨畋征讨侬智高时的谋士。在临贺(今贺州市)地区，他妥善收容溃散的士兵，因此升任阳朔县令，兼任兴安县令。在此期间，他上疏朝廷，请求浚治灵渠。嘉祐六年(1061年)，任宾州(今宾阳)，不久又调任崇仪副使，并以广西安抚监的身份任容州(今容县)。次年改任六宅副使，任钦州。在任期间，取得了安民、修城、兴学等一系列显著治绩。九年后，迁任内藏库副使。次年，他又以崇仪使的身份出任邕州(今南宁)知州。熙宁年间，他转任六宅使，并加封为右祺使，再次任邕州。在此期间，他整顿吏治、抗洪赈灾、请罢和市，并成功安抚了当地的少数民族。熙宁六年(1073年)调往湖南任职，熙宁九年夏再次回到邕州，招抚流亡百姓，协助郭逵成功击退交趾的入侵，升为西上閤门使，并知顺州(即广源州，今靖西一带的广西与越南毗连地区)，负责整饬边防。元丰元年(1078年)，加封东上閤门使，遗憾的是他未能赴任便因病去世。他生前曾在望仙坡(今市人民公园内)建造了三座公祠，用于祭祀狄青、孙沔、余靖三位将领。陶弼的诗歌造诣也颇深，但他的诗文书奏大多已经散佚，现今存有诗集《邕州小集》。

紫　薇

人言清禁[①]紫微郎，草诏[②]紫薇花影旁，
山木不知官况别，也随红白[③]上东廊。

注释

①清禁：指皇宫。②草诏：一指拟写诏书，指在皇帝或君主面前，由官员或者学士等人负责撰写的一种官方文书，用以颁布国家的法令和政策；二指拟定但尚未发布的诏书。③红白：指紫薇花的红色和白色，这里用花色来代指紫薇花。

释义

人们都说宫禁之中的紫微郎，起草诏令时常常在紫薇花的旁边。山中的树木哪里知道官员的情况有什么不同，也随着红白紫薇花一起向上长在东廊边。

鉴赏

这首诗可能是在陶弼初入仕途时所作，表达了他对官场生活的感慨和思考。通过描绘紫微郎在花影旁起草诏令的场景，以及山木不知官况别的比喻，诗人表达了自己对初入仕途的激动、憧憬和些许不安的心情。同时，通过描绘紫薇花的竞相开放和攀附高枝的形象，也暗示了诗人对权力和地位的渴望以及仕途上的进取心。整首诗语言优美、意境深远，富有哲理和思考，反映了诗人对仕途和人生的独特见解。

首句“人言清禁紫微郎”，点明紫微郎的官职和地位，为诗的下文奠定了基础。紫微郎是唐代中书省的官职，负责起草诏令。唐时中书省因在宫禁中，又称清禁，此处借指宋时起草诏令的官职。

第二句“草诏紫薇花影旁”，紧承上句，描述紫微郎起草诏令时的场景。想象他在花影婆娑中，构思、起草一份份重要的诏令。这里，诗人以优美的笔触描绘出一种娴雅、轻松的氛围，使得诗句显得婉约而清新。

第三句“山木不知官况别”，转而用比喻手法，赋予山木以人的情感和意识，道出紫微郎内心的孤独与无奈。这里的“山木”可以理解为那些生长在山林间的树木，它们不知道官员的境遇有何不同，仍然自然自在地生长着。这一比喻强调了官员之间地位和境遇的巨大差异，暗示了社会的残酷现实。

末句“也随红白上东廊”，则是对前文“花影”的呼应，再次提及紫薇花的颜色——红白相间，同时以山木的生长方向暗示了紫微郎的升迁之路。这里的“东廊”指的是宫廷中的走廊，诗人以“也随红白上东廊”这一生动的描写，表现出紫薇花竞相开放、攀附高枝的形象，与前句中起草诏令的娴雅形象形成鲜明对比。

苏　轼

苏轼(1037—1101年),字子瞻,亦字和仲,号东坡居士、铁冠道人,世称苏东坡、坡仙、苏仙,籍贯眉州眉山(今四川眉山市),北宋著名文学家、画家及书法家,也是历史上著名的治水人物。与其父苏洵、其弟苏辙并称"三苏"。嘉祐二年(1057年),参加殿试,荣获乙科,进士及第。嘉祐六年(1061年),再次在制科考试中表现出色,被授予大理评事及佥书凤翔府判官的职位。宋神宗在位时期,苏轼曾任职杭州、密州、徐州、湖州等地。元丰三年(1080年),苏轼因"乌台诗案"被贬黄州任团练副使。宋哲宗即位后,先后出任翰林学士、侍读学士、礼部尚书等职,后再次被外放,治理杭州、颍州、扬州及定州等地。而随着新党执政,再次遭贬至惠州、儋州。宋徽宗即位后,终于获得赦免北归,于常州病逝。南宋时期,苏轼被追赠太师,赐谥号"文忠"。苏轼作为北宋中期的文坛领袖,在诗、词、文、书、画等多个领域成就卓越。他的诗歌题材广泛,风格清新却不乏豪健,善于运用夸张比喻等手法,别具一格,与黄庭坚并称为"苏黄"。在词坛上,他开创了豪放一派,与辛弃疾同为豪放派的代表人物,并称"苏辛"。他的散文著述丰富,风格纵横恣肆,豪迈随性,收放自如,与欧阳修并称为"欧苏",与韩愈、柳宗元、欧阳修、苏洵、苏辙、王安石、曾巩一同被尊称为"唐宋八大家"。在书法领域,苏轼与黄庭坚、米芾、蔡襄并称为"宋四家"。同时,他还是一位杰出的画家,尤其擅长文人画,尤其以墨竹、怪石及枯木等题材著称。他的代表作品有《东坡七集》《东坡乐府》《东坡易传》《寒食帖》《潇湘竹石图》《枯木怪石图》等。

次韵钱穆父紫薇花二首(其一)

虚白堂①前合抱花,秋风落日照横斜。
阅人此地知多少,物化无涯生有涯。

注释

①虚白堂:宋代临安官邸。

释义

虚白堂前面的紫薇花有一人合抱那么粗了,在傍晚的夕阳下横生的枝条被秋风吹得抖动。不知道有多少人在这个地方观赏过这株紫薇花,这世间万物的变化是无限的,但是人生却是有限的。

鉴赏

这首诗词以简洁的语言和意象传达了深邃的哲理。诗的开头，诗人描述了虚白堂前的紫薇花，紫薇花干粗大，需要合抱，暗示树龄较长。接着，秋风和落日的景象照射在花朵上，形成了斜斜的光影，给人以凄凉而寂寥的感觉。这些景物的描绘与诗人的内心感受相呼应，使整首诗更具意境。

诗的后两句表达了诗人的思考。他通过观察这些景物，认识到在这个世界上，人们的经历和见识是多种多样的，每个人对事物的理解都有所不同。这种多样性使得人们对宇宙间万物的认知也有限，因为物质的生成与转变是永无止境的，而人的认识能力却是有限的。这种对人生和宇宙的思考，表达了诗人对人生和世界的深沉思考和颇具哲理的洞察力。

整首诗词通过描绘花朵和自然景物，以及诗人对人生的思考，表达了诗人对世界的独特见解和对生命的感悟。它以简练的语言和深邃的意蕴，给人以思考和启迪。

次韵钱穆父紫薇花二首(其二)

折得芳蕤①两眼花，题诗相报字倾斜。
箧②中尚有丝纶③句，坐觉天光照海涯。

注释

①芳蕤：本指盛开下垂的花，诗中指盛开的花。②箧：竹编小箱子。③丝纶：通常用来形容事物非常细腻、柔和，如同丝线一样。

释义

折得一束美丽的花朵，花朵盛开到耀眼，写下诗篇来回应(友人)，字迹却有些倾斜。我的书箧中有如同丝绸一般珍贵的诗文，坐着感受着天光照射在海岸的感觉。

鉴赏

这首诗通过描绘花朵和诗文的互相赠送，展现了诗人之间的友情和对诗歌艺术的热爱。诗人以花朵为媒介，通过题诗的方式与友人交流情感，表达了诗人对美的追求和赞美之情。诗人将自己的诗句倾斜写在纸上，显示了他对友人的回应是真诚而激动的。此外，诗人提到自己的书箱中还有丝纶句，显示了他对诗歌的珍视，并表达了自己在诗歌创作方面的自信。最后，诗人坐在那里，感受着天光照射在天边，展现了他的心境宽广开阔,与大自然相融合。整首诗以简洁明快的语言表达了作者的情感和对诗歌艺术的热爱,给人以愉悦和舒畅的感受。

晏　殊

晏殊(991—1055年),字同叔,籍贯江南西路抚州路临川县(今江西省抚州),北宋著名政治家、文学家。自幼年起,晏殊便展现出了卓越的文学天赋,能够撰写文章。景德二年(1005年),晏殊因才智出众被召入宫廷参加神童试,并成功获得进士出身,随后任秘书省正字,历任知制诰及翰林学士等要职。晏殊因性格谨慎、行事周密而深得宋真宗的赏识与信任。宋仁宗即位后,晏殊建议刘太后实行垂帘听政的制度,同时,他还在崇政殿为年轻的仁宗皇帝亲自讲学,他的职位也一路攀升至枢密副使,后由于得罪了刘太后被外放出京,担任应天府知府。其后又被召回朝中,历任御史中丞、三司使、参知政事等职。仁宗亲政后,愈发受到重用,于庆历二年(1042年)任枢密院事进官集贤殿大学士、同平章事兼枢密使,正式拜相。两年后因事罢相,带工部尚书衔任颍州,转任陈州、许州、永兴军、河南府等地,累封临淄公。至和元年(1054年),晏殊因病自请入朝,翌年(1055年)逝世,享年六十五岁。获赠司空兼侍中,谥号"元献",世称"晏元献"。晏殊非常重视书院的发展,他积极扶持应天府书院,特邀范仲淹前来讲学,此举培育了大量杰出人才。历史上记载,"五代以来,天下学校废,兴学自(晏)殊始"。晏殊在诗文创作上造诣深厚,尤其是词的成就最为显著。他擅长创作小令,作品多描绘诗酒相伴的闲适生活和悠然情致,语言婉转清丽,深受南唐词人冯延巳的影响,与欧阳修并誉为"晏欧"。其中,《浣溪沙·一曲新词酒一杯》中的"无可奈何花落去,似曾相识燕归来"两句,流传甚广。据传,晏殊一生所作诗文数量逾万,但现今仅存有《元献遗文》和《珠玉词》。此外,他还编纂了类书《类要》,收录了大量宋以前的古籍。

望仙门·紫薇枝上露华浓

紫薇枝上露华浓。起秋风。
筦①弦声细出帘栊②。象筵③中。
仙酒斟云液,山歌转绕梁虹。
此时佳会庆相逢。欢醉且从容。

注释

①筦：同“管”，指绕丝的竹管，诗中代指乐器。②帘栊：窗帘与窗牖(yǒu)的统称，也泛指安装于门窗之上的帘状遮蔽物。③象筵：象牙制的席子，多形容豪华的筵席。

释义

紫薇的枝条上逐渐积累了很多露水，秋风渐起，丝竹管弦的声音透过窗户和门传到了外面。在象牙席上，人们喝着美酒，纵声高歌，这是多么美好的时刻，大家聚集在一起喝得酩酊大醉。

鉴赏

这首诗词以华丽的描写和鲜明的意象营造了一个仙境的画面。首先，诗中以紫微枝上的浓露和秋风的吹拂，表现了仙境中的灵气和清新。接着，“筦弦声细出帘栊，象筵中”，将仙境中的音乐和宴会场景展现出来，“仙酒斟云液，山歌转绕梁虹”描绘了欢乐祥和的氛围。最后，诗人表达了与亲朋好友相聚的喜悦之情，称此时为良辰佳会，庆祝彼此重逢，众人尽欢畅饮，悠然自得。

整首诗词表达了诗人对美好时光和友情的向往。通过音乐、酒宴和相聚，诗人将读者带入一个超凡脱俗的世界，让人感受到美妙的心境和喜悦的情感。这首诗词以其独特的意境和华丽的描写而被人们所喜爱，并成为宋代文学的经典之作。

清平乐·金风细细

金风细细[①]。叶叶梧桐坠。
绿酒[②]初尝人易醉。一枕小窗浓睡。
紫薇朱槿花残。斜阳却照[③]阑干。
双燕欲归时节，银屏[④]昨夜微寒。

注释

①金风细细：微微秋风。金风即秋风，古代，季节变迁往往与阴阳五行相联系。秋属金，故秋风又称金风。②绿酒：古代采用土法酿造的酒，酒液色泽黄绿，故诗人称其为“绿酒”。③却照：正映照着，描述光线或影像的照射。④银屏：屏风上以云母石等珍贵材料镶嵌，洁白无瑕的色泽便如同银子一般，故称为银屏，又称云屏。

释义

秋风微拂，片片梧桐叶悄然飘落。初尝那香甜醇厚的绿酒，便令人沉醉，小窗前伴着一枕醉意酣然入睡。紫薇和朱槿已于秋寒里凋零，唯有夕阳余晖映照着楼阁栏杆。燕子即将迎来南归的时节，屏风也已在寒夜中悄然变冷。

鉴赏

这首词将风调之娴雅与气象之华贵巧妙融合，极具个人风格。晏殊身居相位，偶作小词，却深得“花间派”之遗风。刘攽《中山诗话》中记载：“晏元献尤喜冯延巳歌词，其所自作，亦不减延巳乐府。”意指他的词风与冯延巳十分相似。然而从这首词来看，虽然它的娴雅风调与冯延巳相似，但其华贵气象却更接近温庭筠的作品。不过，温庭筠词中的华贵，主要表现在辞藻的繁复华丽与精雕细琢上，所以王国维曾以“画屏金鹧鸪”精准地概括了其词风。而晏词的华贵却不局限于外在描绘，更多体现在内在精神上。如吴处厚《青箱杂记》中所写：“每吟咏富贵，不言金玉锦绣，而惟说其气象，若‘楼台侧畔杨花过，帘幕中间燕子飞’，‘梨花院落溶溶月，柳絮池塘淡淡风’之类是也。”这首词中的风，与上述两例有着异曲同工之妙。其所塑造的形象，借用晁补之评价其子晏几道词的话来说，一眼便能看出“不是三家村中人”，而是一位超凡脱俗、雍容娴雅的士大夫。

上阕“绿酒”一句，“初”“易”二字用得巧妙，微妙地刻画出主人公浅尝辄醉，酒量有限。看似不经意的一笔，实则起到了陪衬的作用。至“一枕小窗浓睡”这一句，才真正道出此阕的核心意旨。仅是“初尝”却“易醉”，浅浅醉意却“浓睡”，原来词人内心藏着一丝难以言说的闲愁。然而借酒消愁，却愁上加愁，愁深虑重更易醉，醉得容易便睡得深沉。这种情感在下阕中表现得更加明显。

如果说上阕是描绘了主人公昨晚的醉眠情景，那么下阕则转而叙述酒醒时的感受。主人醉酒后竟就这样酣睡了整整一个昼夜，可见沉睡之浓。酣睡之中，短暂忘却了世间的烦恼，而酒醒后的情绪状态，词人并未言明。只是通过主人公醒来后所见的景象，可窥见他内心的悠闲与神态的慵懒。下阕中的紫薇与朱槿是两种不同的花。上阕写秋风吹得梧桐叶纷纷飘落，分明是秋天已至，因此主人公从小窗望去时，这两种花都已凋残。值得品味的是，前阕写梧桐叶坠是词人耳中所闻，后阕写两种花残是词人眼中所见。词人正是通过对周围这些细微景象的敏锐捕捉，来传达自己此刻内心的感受。一句“斜阳却照阑干”紧承前句，描写了一幅静谧的画面。晏殊在《踏莎行》一词中也曾描绘过：“一场愁梦酒醒时，斜阳却照深深院。”两者情境相似，都运用了“却”字。“却”字含“正是”之意，此诗中是写诗人抬头望去，一抹斜阳正映照在阑干上，颇有几分陶渊明“悠然见南山”的神韵，只是主人公所见并非南山，而是残花与斜阳，其中似乎蕴含着一种无可奈何的心境。

日暮降临，斜阳照在阑干上，恰至“双燕欲归时节”。此句平淡无奇，看似无关紧要，可是词与诗不同，它常用此类语言来调和整首词的气氛与节奏，并借此烘托深厚情感。吴衡照在《莲子居词话》中曾言："言情之词，必借景色映托，乃具深婉流美之感。""双燕欲归"是一句景语，是对下文"银屏昨夜微寒"的铺垫与烘托。成双成对的燕子即将归巢，这一景象引发主人公独居的孤寂无聊之感。他回想起昨夜醉酒后，独自一人度过漫漫长夜，一股凄凉落寞由心底悄然而生。但词人不用诸如"枕寒""衾寒"等常见字眼，而偏说屏风有些寒冷来暗示此情。这种寓情于景的手法，含蓄而又蕴藉，令人回味无穷。

木兰花·紫薇朱槿繁开后

紫薇朱槿繁开后。枕簟①微凉生玉漏②。
玳筵③初启日穿帘，檀板④欲开香满袖。
红衫侍女频倾酒。龟鹤⑤仙人来献寿。
欢声喜气逐时新，青鬓⑥玉颜长似旧。

注释

①簟：竹席。②玉漏：古代计时漏壶。③玳筵：指豪华、珍贵的宴席。④檀板：一种传统打击乐器，称"板"，因常用檀木制作而称檀板。⑤龟鹤：古人认为龟和鹤长寿，以此比喻长寿。⑥青鬓：指浓黑茂密的鬓发。

释义

在紫薇花和朱槿花纷纷绽放之后，躺在微微发凉的竹枕和竹席上面听着计时漏壶水滴落的声音，回想起之前，日光透过门帘打在刚刚开始的宴席上，伴随檀板演奏的声音，檀香也熏透整个衣袖。穿着红衫的侍女在席间频繁地给客人斟酒，有贵宾来到现场贺寿，表明欢声笑语不断，喜庆的气氛随着时间的推移而不断更新，希望我的容貌能像年轻时候那样。

鉴赏

这首诗描绘了一个宴会的场景，以及庆祝寿诞的喜庆氛围。诗中的"紫薇朱槿繁开后"描述了花朵盛开的景象，显示了秋日的繁华和美丽。"枕簟微凉生玉漏"描绘了宴会的夜晚，床上的凉意和玉漏的声音暗示时间的流逝。

"玳筵初启日穿帘"表明宴席刚刚开始，太阳透过窗帘照射进来。"檀板欲开香满袖"暗示着音乐奏响，香气四溢，预示着宴会的热闹氛围。

"红衫侍女频倾酒"描绘了侍女频频倾酒的场景，显示了宴会的热烈和欢乐。"龟鹤仙人来献寿”则暗示了有贵宾到场献寿，增添了庆祝的喜庆氛围。

“欢声喜气逐时新”表明欢声笑语不断，喜庆的气氛随着时间的推移而不断增加。“青鬓玉颜长似旧”描述了主人公的青春容颜长久不衰，寓意着长寿和美丽。

整首诗通过描绘宴会的场景和庆祝寿诞的喜庆氛围，展现了繁华的景象和欢乐的时刻。晏殊巧妙地运用了细腻的描写和寓意的象征，使得诗词富有生动的画面感，同时也表达了对欢庆时刻的赞美和对美好事物的追求。

刘敞

刘敞（1019—1068 年），字原父，祖籍临江新喻荻斜（今江西省樟树市），北宋时期杰出学者、文学家、史学家、经学家及散文家。庆历六年（1046 年），刘敞与其弟刘攽一同考取进士。刘敞以大理评事的身份担任蔡州的通判，后通过召试，并被授予太子中允的官职，任职集贤院，还负责判登闻鼓院、吏部南曹和尚书考功等事务。他还曾负责过三司开坼司的事务，之后又临时担任度支判官。至和元年（1054 年），升任右正言，兼任知制诰。至和二年（1055 年），奉命出使契丹，返回后，他请求到扬州任职，后又调任郓州，政绩显著，因此被召回京城负责纠察在京的刑狱事务。嘉祐四年（1059 年），他负责科举考试，其选拔的人才被认为都很优秀。后被任命为翰林侍读学士并兼任永兴军的知府，不久又被召回京担任三班院判官，并侍奉宋英宗讲学读书。之后，他又出任汝州知府，改任集贤学士，兼任南京御史台的判官。熙宁元年（1068 年），刘敞去世，享年五十岁。刘敞为人耿直，在朝廷上敢于直言不讳，治理政务政绩显著，与梅尧臣、欧阳修等人交往密切。他学识渊博，精通六经百氏、古今传记、卜医数术、天文地理以及佛教、道家的学说，尤其擅长研究《春秋》。他写文章非常敏捷，曾经一天之内起草了九道诏书，一挥而就数千言，文辞典雅，各自得体。他与弟刘攽合称为“北宋二刘”。刘敞的著作有《春秋传》15 卷、《春秋权衡》17 卷、《春秋说例》2 卷、《春秋文权》2 卷、《春秋意林》5 卷、《七经小传》5 卷、《弟子记》5 卷等。另外，还著有《公是先生集》75 卷，但已经失传。现在流传的《公是集》54 卷，是清朝四库馆臣从《永乐大典》中辑录出来的。

答黄寺丞紫薇五言

紫薇异众木，名与星垣[①]同。
应是天上花，偶然落尘中。

艳色丽朝日，繁香散清风。
娅娟②虽自喜，幽寂逝将终。
主人谪仙籍，浩歌沧浪翁③。
卜居④抗静节，搴⑤秀怜芳丛。
猗狔⑥庭中华，固为悦己容。
如何又将去，含意默忡忡。
青苔侵履綦⑦，摇落⑧知岁穷⑨。
独赖君子德，庶几甘棠封。

注释

①星垣：我国古天文学的星空分区，指太微垣、紫微垣和天市垣三垣。②娅娟：美好的样子。③沧浪翁：北宋诗人苏舜钦，字子美，号沧浪翁。④卜居：《楚辞》中的一篇文章。⑤搴：本义指拔取。⑥猗狔：婀娜，柔美。这里指花木盛开的样子。⑦履綦：指足迹。⑧摇落：凋零，飘落。⑨岁穷：终年，一年将尽。⑩甘棠：象征清正廉洁。

释义

紫薇树与众多树木不同，它的名字与星垣相同。它本应该生长在天上，却偶然落入凡尘。它的花色妖娆，美如早晨的朝阳，浓郁香气飘散在清风中。然而，美丽的紫薇树虽然自我欣喜，却注定会在幽寂中逝去。在主人谪仙离去之际，浩歌沧浪翁在紫薇树下吟唱。主人以高尚的品德和忍耐力拒绝了凡俗的享乐，坚守着清静的修行。他采摘紫薇树上的秀美花朵，怜爱其中的芳香。

紫薇树在庭院中美丽如华美的妇人，因此为主人带来欢愉。但怎么舍得离去呢？内心充满了含蓄和忧伤。青苔侵蚀着紫薇树下的小径，落叶知晓岁月已经走到尽头。只有依赖君子的德行，或许才能得到甘棠一样的封赏和尊重。

鉴赏

这首诗描述了紫薇花的美丽和特点。诗中提到紫薇花是一种与星垣同名的异木，它就像是从天上飘落尘世一样。紫薇花具有艳丽的颜色，朝阳下更是美不胜收，芬芳四溢。然而，虽然紫薇花美丽绽放，但它也会随着时间的推移逐渐凋谢，生命将会走向终结。诗人在诗中通过对紫薇花的描写，表达了对美丽事物的欣赏和对生命短暂性的感叹。诗人提到主人被谪仙籍，暗示主人已经离世，这增加了诗中对时光流逝和生命脆弱性的思考。诗人也提到了君子德行，似乎在暗示君子的德行能够永存，希望能像甘棠一样得到封赏。

阁下紫薇花

宫中万年树，天上紫微垣①。
此地飞尘隔，经时绛雪②翻。
幽香通复阁，密影半层轩。
已后阳春节③，无辞白露繁。

注释

①紫微垣：是中国古代天文学中的一个重要概念，指的是北极星（即紫微星）及其周围的星区。北极星在古代被视为帝王的居所，因此紫微垣也被认为是帝王的宫殿。②绛雪：比喻红色的花朵。③阳春节：形容天气温暖的时节。

释义

宫中有上万年的紫薇树，天上有紫微垣，这个地方没有尘土，经过时红色的花朵如同雪花一样飘零。紫薇的幽香飘到了重叠的楼阁里，树影稠密覆盖了半层楼。自此，阳春节已过，无需担忧白露的繁多。

鉴赏

作者以紫薇花为题材描述了宫中紫薇花开时的情景。诗中描写到宫中有年份久远的紫薇花，天上有紫微星，宫中的紫薇花远离尘嚣，紫红色的花朵如同白雪般纷飞，它的幽香穿透楼宇，枝繁叶茂的树影能够覆盖半层楼。紫薇花虽然繁茂美丽，但是到了一定的季节也会飘落凋零。作者通过对紫薇花形态和习性的描写，表达了对紫薇的喜爱和欣赏，以紫薇暗喻自己不愿入世、淡泊名利的心态，也表达了对生命短暂的感叹。

梅尧臣

梅尧臣（1002—1060 年），字圣俞，本吴兴（今浙江湖州）人，梅尧臣为梅让之子，世称宛陵先生，为宣城梅氏的代表人物之一，北宋官员、现实主义诗人。梅尧臣年幼时便跟叔父梅询宦学于各地，天圣六年（1028 年）以叔父梅询的功绩和地位，谋得一职，历任河南、河阳主簿，德光、建德、襄城县令，监湖州盐税。庆历八年（1048 年）为国子博士。于皇祐三年（1051 年）始得宋仁宗召试，赐同进士出身，为太常博士。与钱惟寅、欧阳修是至交好友，经过好友欧阳修的推荐，梅尧臣任职国子监直讲，累迁尚书都官员外郎，故世称“梅直讲”“梅都官”。

嘉祐五年(1060 年),梅尧臣去世,年五十九。

梅尧臣是宋代重要的诗人,他的诗歌与蔡襄的书法、欧阳修的古文共同代表了庆历、嘉祐年间文学艺术的最高成就,是嘉祐文明在文艺上的集中体现。其与苏舜钦齐名,彼时名号"苏梅",又与欧阳修并称"欧梅"。其诗风格"闲肆平淡,涵演深远",具有很高的艺术性和思想性,有宋诗"开山祖师"之称,对宋代诗风转变影响很大。梅尧臣给后世留下了很多著作,其创作的诗文作品被编纂成六十卷的《宛陵集》,并被收录于《四库全书》之中。此外,他还著有《唐载记》二十六卷、《毛诗小传》二十卷、对《孙子兵法》的注解十三篇,以及《续金针诗格》一卷等诸多著作。

次韵景彝阁后紫薇花盛开

禁中五月紫薇树,阁后近闻都著花。
薄薄嫩肤搔鸟爪,离离碎叶翦晨霞。
凤皇浴去池波响,鳷鹊[1]阴来日影斜。
六十无名空执笔,颠毛应笑映簪华。

注释

①鳷鹊:zhīquè,古书中记载的一种异鸟。松鸦的旧称。

释义

宫禁中五月时紫薇树焕发生机,内殿后面近来听说已经开满了鲜花。紫薇嫩枝轻挠如鸟爪,细小树叶错落似朝霞。凤凰在池中嬉戏水声作响,鳷鹊栖息时日光斜照。六十岁无名的我徒然执笔,头发斑白映衬着往昔的荣华,不禁哑然失笑。

鉴赏

这首诗是作者在宫禁中看到紫薇花盛开有感而发。首联写对紫薇花早有所闻,然尚未亲见;颔联写紫薇枝条柔嫩如鸟爪,树叶青葱繁茂;颈联以凤凰浴池和鳷鹊栖息的景象来衬托紫薇花的美。接着,诗人以"凤皇浴去池波响、鳷鹊阴来日影斜"的句式,表达了时间的流转和景色的变幻。最后,诗人自嘲地说自己已经六十岁,无名无位,只能空手持笔,"颠毛应笑映簪华",意味着他的才华已经不再年轻,但他仍然能够在文字中展现自己的风采。表达了作者对宫廷权贵的蔑视与讽刺,同时也反映了诗人对现实的不满与无奈。全诗写景细致,语言清新自然,富有情趣。

这首诗词通过描绘紫薇花盛开的景象，展现了作者对美的敏感和对时光流转的感慨。诗人运用了丰富的意象和形象描写，使得诗词充满了生动的画面感。他借助对自然界景象的细腻刻画，展现了对美学境界的向往，并深刻反思了时间的悄然流逝。最后两句以自嘲的方式，展示了诗人对自己年龄和身份的淡泊态度，同时也表达了他对文学创作的坚持和自信。整首诗词既展现了自然界的美丽，又折射出诗人内心的情感和思考，给人以启迪和共鸣。

次韵和韩子华内翰于李右丞家移红薇子种学士院

红薇花树小扶疏，春种秋芳赏爱余。
丞相旧园移带土，侍臣清署看临除。
薄肤痒不胜轻爪，嫩干生宜近禁庐。
此地结根千万岁，联华荣莫比茅茹[①]。

注释

①茅茹：即茅草的根部相互牵连的样子，比喻同类人或事物之间的相互关联。

释义

红薇花树虽小，却已枝叶扶疏，春天种下，秋天开花，更增添主人的爱赏。右丞相家里移栽来的红薇，带着土壤，移种在学士院的园圃中，侍臣们在清雅的官署中观赏这新移植的花木。它的嫩枝弱干，适宜生长在清凉的官署中。这种植物，在这里扎根生长，历经千年也不会凋枯，所得荣耀不是普通茅草可比的。

鉴赏

诗中描述了红薇花树扶疏、小巧玲珑的形象，表达了在春季种植、秋季花香四溢时的喜爱之情。首句“红薇花树小扶疏”描绘了花树的形态，娇小、枝叶扶疏。接着，诗人描述了自己在李右丞的家中迁移花树的情景。

下一节诗句“薄肤痒不胜轻爪”表达了红薇花的嫩幼，受到轻微的伤害就会感到疼痒。“嫩干生宜近禁庐”表示红薇花树的幼嫩干枝需要保护，暗示将其移植到禁苑（庭院）近处，以得到更好的保养条件。

最后两句“此地结根千万岁，联华荣莫比茅茹”表达了红薇在这个地方扎根生长的久远，比喻其根基深厚。“联华荣”指的是花树盛开的美丽景象，“茅茹”则是一种草木，通过对比，强调红薇花树的荣耀和美丽超过了一般的花卉。

这首诗以描绘红薇的形象为主线，展示了李右丞家中的园林景观，并表达了诗人对红薇的喜爱和对李右丞家园之美的赞美之情。同时，通过对红薇的描写，诗人传达了对生命力顽强、美丽绽放的自然界的赞美和敬仰之情。此诗中，作者赞美了红薇的美丽与高贵，同时也表达了自己对右丞相的敬仰与感激之情。通过描绘红薇的生长环境，作者暗示了自己对清廉为官的向往与追求。

周必大

周必大（1126—1204 年），字子充，又字洪道，自号平园老叟，吉州庐陵（今江西吉安）人。绍兴二十一年（1151 年）进士。他通过中博学宏词科的选拔，被任命为徽州司户参军，开始了仕途生涯。历任多个官职，包括代理给事中、中书舍人，以敢于直言不讳、不畏权贵著称。在担任枢密使期间，他创立了各军的点试法，对军政进行了整顿和肃清。孝宗淳熙末年拜为左丞相。光宗时期被封为益国公，随后以观文殿大学士的身份出任潭州（今湖南长沙）知州。宁宗时期后，周必大选择辞官归隐。去世后，他被追赠谥号“文忠”。他的著作包括《玉堂类稿》《玄玉堂杂记》《二老堂诗话》等，后人将其作品汇编成《益国周文忠公全集》。

入直①召对②选德殿赐茶而退

绿槐夹道集昏鸦，敕使传宣坐赐茶。
归到玉堂③清不寐，月钩初上紫薇花。

注释

①入直：指古代官员入宫禁值班供职，类似于现代的值班制度。②召对：古代君主召见臣子并令其回答相关问题。在周必大担任宰相期间，被皇帝频繁召见以商讨国家大事颇为寻常。③玉堂：官署名。汉代侍中有玉堂署，宋以后翰林院亦称玉堂。

释义

宫道两旁，浓密的槐荫簇拥，归巢的乌鸦在枝头栖息。天子派遣使臣前来，传我入宫，赐座并赐茶。回到翰林院，心境清澈，毫无睡意，只看到一轮弯月挂在紫薇花枝头。

鉴赏

这首诗主要描绘了诗人被召入宫的情景，以及他回到翰林院后的感受。首句以细腻的笔触描绘了黄昏时分入宫路上的景致，聚焦于两旁树上聚集的昏鸦；紧接着的第二句转而叙述，描绘了诗人被召至选德殿的情景，转换自然。第三句深入内心，刻画了诗人被皇帝召见后心中涌动的激动之情。最后一句则将视角转至深夜返回玉堂时的所见，并巧妙地隐含了紫微省的典故，为全诗增添了一份深邃。黄昏时分，绿槐夹道本构成了优美景致，昏鸦的集聚却为这美景添上了一抹暗色，映射出“伴君如伴虎”的微妙心境。而当有幸得到皇帝的“坐赐茶”款待时，那份紧张的情绪才稍得舒缓。然而，回到翰林院，虽受到皇帝礼遇，可仍旧放不下紧张的心情：身为朝政官员对国家大事责任重大，怎能安然入睡？

首句“绿槐夹道集昏鸦”，描绘了黄昏时分的景象。浓绿的槐荫夹护着宫道，给人一种静谧而庄严的感觉。而树上落满归巢的乌鸦，则暗示了夜晚的降临。这种景象给人一种神秘而庄重的感觉，为整首诗奠定了情感基调。次句“敕使传宣坐赐茶”，则写到了皇帝的旨意。诗人被召入宫，皇帝下令让使臣传旨宣召，并赐座侍茶。这里的“坐赐茶”不仅是一种殊荣，更是一种礼仪，体现了皇帝对诗人的尊重和信任。诗人通过这一情节，暗示了自己作为臣子的忠诚和敬意。第三句“归到玉堂清不寐”，写的是诗人回到翰林院后的感受。饮罢皇上所赐之茶，回到翰林院，诗人难以成眠。一方面，他感到自己的责任重大，需要保持清醒的头脑；另一方面，他也感到自己的渺小和无力，无法掌控自己的命运。这种矛盾的情感让诗人无法入睡。最后一句“月钩初上紫薇花”，则描绘了夜晚的景色。弯月刚刚升起，照耀在庭院中的紫薇花上。这个画面既美丽又寂寥，表达了诗人对美好事物的向往和对人生无常的感慨。整首诗通过描绘宫廷生活和内心感受，表达了诗人对人生的思考和感慨。

此诗深邃之处，在于诗人巧妙地将丰富的政治历史意蕴寓于景物描绘与情感抒发之中，既含蓄蕴藉又清晰明了，既流露出对朝政的深切关怀，又洋溢着诗情画意，引人深思。

诗中“救使传宣坐赐茶”一句，与诗题相呼应，简洁概括了事件的经过：皇帝派遣使者传令入宫，并在朝见时赐茶以示款待。而“归到玉堂清不寐”一句，则细腻描绘了被召见后的心绪波动。“归到玉堂”直陈事实，“清不寐”则抒发心境，“不寐”透露出内心的激荡，“清”字更是点睛之笔，展现了诗人激动而不失冷静，正深刻反思朝政得失的政治家风范，其中蕴含着对国家重任的担当。

首尾两句均为写景，首句描绘黄昏入宫所见，尾句则刻画深夜归玉堂之景。初看似与“入直召对”无直接关联，实则匠心独运，寓意深远。首句以绿槐夹道、昏鸦归巢之景，营造出一种清幽而沉静的氛围，映射出诗人被召见前的肃穆心情。尾句则以紫薇花开、新月初升之景，展现了一幅明丽而充满希望的画面，寓意着被召见后诗人深沉而满怀希望与责任感的心境。值得注意的是，尾句暗含唐时紫微省的典故，白居易曾任紫微侍郎，有诗云:“独坐黄昏谁是伴,紫薇花对紫微郎。”周必大身为宰相,以紫薇花入景,一语双关,妙不可言。

王十朋

王十朋(1112—1171年),字龟龄,号梅溪。温州乐清(今属浙江)人。南宋时期大臣、政治家、文学家。王十朋少颖悟,强记诵,为文顷刻数千言,入补太学生。在南宋时期,政治环境腐败,权臣秦桧独揽大权,科举考试深受其影响,导致诸多才子屡试不中。直至绍兴二十七年(公元1157年),王十朋以“揽权中兴”为对策,赢得了宋高宗的赏识,被亲自提拔为进士榜首(即状元),并委任为绍兴府签判。随后,在绍兴三十一年(公元1161年),他又被任命为大宗正丞,但不久后便因故离职归祠。次年,王十朋再次被起用,担任司封员外郎,并兼任国史院编修官及崇政殿说书,后又晋升为国子司业。到了孝宗隆兴元年(公元1163年),他进一步被任命为起居舍人,并改兼侍讲之职。次年,他又被调任为饶州知州。乾道元年(1165年),移知夔州。乾道三年(1167年),移湖州,寻奉祠,次年,起知泉州。乾道六年(1170年),移台州,力辞,奉祠。次年,除太子詹事,未赴,以龙图阁学士致仕,后卒,享年60岁。

王十朋为人刚直,勤敏力学,一生忠孝,博究经史,旁通传记百家。故其为文专尚理致,不为浮虚靡丽之词,以经术为根蒂,以气为先。王十朋创作颇丰,共计有诗歌1700余首,赋作7篇,以及奏议46篇。此外,他还撰写了包括记、序、书信、启文、论文、策问、行状、墓志铭、祭文、铭文、赞语等在内的散文与杂文140余篇,这些作品均被收录于《梅溪先生文集》的前集与后集中。除此之外,他还著有《春秋》与《论语》的讲义8篇等。王十朋的诗文风格刚劲有力且明白晓畅,其作品集名为《梅溪集》。

紫薇花

盛夏绿遮眼,此花红满堂。
自惭终日对,岂是紫微郎。

释义

盛夏时节,其他植物的绿叶遮眼,但紫薇花却开得红红火火。整天对花而坐,却不是写紫薇诗的紫微郎。

鉴赏

诗歌的前两句描绘了夏日里紫薇花的盛放，红艳如火，满室生辉。

“自惭终日对，不是紫微郎”这两句抒发了古代文人对功名的渴望与未能施展才华的苦闷。然而，即便是步入仕途的文人，也依旧有着自己的烦恼。如陶弼在其《紫薇》一诗中，便以含蓄的笔触道出了为官的况味：“人言清禁紫微郎，草诏紫薇花影旁。山木不知官况别，也随红日上东廊。”与王十朋的诗句相映成趣，品读之下，不禁让人心生两重感慨。

诗中首句“盛夏绿遮眼，此花红满堂”，对比反衬，写出紫薇花在盛夏时节开得鲜艳夺目，占据整个庭院，把满堂都映照得一片通红，葱绿的叶片将人的视线都遮挡住了，表达了诗人对紫薇花的赞美喜爱的情感。后两句“自渐终日对，不是紫微郎”，则表达了诗人对紫薇花的深厚感情。诗人整日对着紫薇花，欣赏它的美丽，感受它的韵味，但却不是写紫薇诗的紫微郎，流露出诗人对自己仕途不顺的焦虑。其次，这个结尾也表达了诗人对生活的感慨和思考。诗人通过赞美紫薇花，表达了自己对生活的热爱和对自然的赞美之情。同时，也通过感慨自己的才华无法施展，表达了自己对生活的不满和无奈。这种矛盾的情感让诗人感到困惑和痛苦，也让整首诗充满了深刻的思考和人文关怀。

袁　燮

袁燮(1144—1224年)，字和叔，号絜斋，庆元府鄞州区(今浙江宁波)人，南宋时期的哲学家、教育家和政治家。师事陆九渊，主张心即理、知行合一等理念。孝宗淳熙八年(1181年)，袁燮成功登进士第，后调任江阴尉一职。时值浙西地区遭遇严重饥荒，他前往赈灾，措施得当，成效显著。宁宗登基后，他入朝担任太学正。及至庆元年间党禁兴起，他因直言进谏而离职。随后，朝廷征召他为都官郎官，后又升任司封郎官及国子祭酒之职。其后，他转任礼部侍郎。其间，因与丞相史弥远在议和问题上意见不合，他遭到弹劾并被罢免。之后，他再度被起用，出任温州知府，并进阶为直学士。去世后，被追赠谥号为正献。他在教育方面也有很深的造诣，曾主讲于城南书院，他的著作有《絜斋集》《絜斋家塾书钞》等。

紫薇花二首

紫薇花对紫微郎，何事斋前一树芳。
造物似教人努力，他年准拟待君王。

蒙茸[①]曲径紫薇花，几载藤萝巧蔽遮。
暂借斧斤还[②]旧观，依前[③]万蕊吐新葩[④]。

注释

①蒙茸：指蓬松、杂乱的草木。②还：恢复。③依前：依旧，仍然。④新葩：新开的花朵。

释义

紫薇花与紫微郎相对望，为何在书斋前有这一树芬芳的紫薇花呢？似乎是大自然在教人要努力奋斗，希望有一天能得到君王的赏识。

曲径旁藤萝茂盛，紫薇花在其中若隐若现。经过几年的生长，藤蔓已经巧妙地遮住了紫薇。现在暂时借来斧子砍去藤萝，让紫薇花重新展现出它的美丽。紫薇花依旧万蕊吐新，盛开如初。

鉴赏

第一首诗中，“紫薇花对紫微郎，何事斋前一树芳”描绘了紫薇花在庭院中开放，特别引人注目，花开繁茂，充满生机。诗人以紫薇花自比，借此表达自己的人生态度和追求。“造物似教人努力，他年准拟待君王”，诗人认为，大自然似乎在教导人们要努力奋斗，总有一天会得到应有的回报。这里诗人以紫薇花预示着入朝为官，鼓励人们要努力拼搏。

第二首诗中，“蒙茸曲径紫薇花，几载藤萝巧蔽遮”描绘了紫薇花生长的环境，曲径通幽，藤萝缠绕，遮掩了紫薇花的美丽。诗人借来斧头砍藤萝，使紫薇花得以展现其美丽，表现了紫薇花的顽强生命力和蓬勃生长的力量。这里诗人以藤萝比喻生活中的困难和挑战，而以斧头比喻克服困难的力量和决心。通过描绘紫薇花的美丽和生命力，诗人鼓励人们要勇敢面对生活中的困难和挑战，努力追求美好的未来。

总的来说，这两首诗赞美了紫薇花的美丽和生命力，同时也表达了诗人对人生的思考和感悟。通过描绘紫薇花的特点和生长环境，诗人表达了自己的人生态度和追求，鼓励人们要努力拼搏、勇敢面对困难，追求美好的未来。

任希夷

任希夷（1156—？），字伯起，号斯庵，伯雨曾孙，眉州（今四川眉山）人，徙居邵武（今属福建）。孝宗淳熙二年（1175年）荣登进士榜。他曾师从朱熹，并得到朱熹的高度评价，被称为有开创之才的士人。宁宗开禧初年，他出任礼部尚书一职，并上奏请求为周敦颐、程颢、程颐三位先贤赐予谥号。随后，他的职位不断晋升，先后担任端明殿学士、签书枢密院事，并兼任参知政事之权，不久又担任临安洞霄宫的提举。去世后，他被追赠谥号宣献。他曾著有《斯庵集》，但已经失传。关于他的传记，可见于《宋史》卷三九五以及明嘉靖年间的《邵武府志》卷一三。任希夷诗为《锦绣万花谷》《全芳备祖》等书所录，后世将其汇编成一卷。

后省紫薇花

清晓开轩俯凤池，小山经雨石增辉。
琉璃叶底珊瑚干，立出池边是紫薇。

释义

清晨时分，在轩窗下俯瞰着池塘，看到经过雨水的洗礼，小山和石头都闪耀着更加明亮的光辉。在琉璃般的叶子底下，是那珊瑚般的枝干，紫薇花立于池边，美艳动人。

鉴赏

诗人在清晨时分，俯瞰着雨后的小山和凤凰池，描绘出一幅清新秀美的画面。通过雨水的洗礼，小山和石头都显得更加光鲜亮丽，犹如增添了光辉。诗人用“琉璃叶底”和“珊瑚干”来比喻紫薇花的叶子和枝干，展现出紫薇花的娇艳美丽，同时也表达了诗人对紫薇花的深深喜爱和赞美之情。整首诗语言优美，意境深远，通过描绘紫薇花的美丽和生命力，透露出诗人对美好事物的向往和追求。同时，也展现了诗人对生活的热爱和乐观态度。这首诗表达了诗人对自然和美的追求，以及对生活的深刻感悟，给人留下深刻的印象。

蔡襄

蔡襄（1012—1067 年），字君谟，福建路兴化军仙游县慈孝里赤岭乡（今福建省仙游县枫亭镇）人。北宋时期的政治家、书法家和茶学专家。书法风格端庄秀丽，被誉为“宋四家”之一。仁宗天圣八年（公元 1030 年），蔡襄成功登科进士，先后任馆阁校勘、知谏院、直史馆、知制诰、龙图阁直学士、枢密院直学士、翰林学士、三司使、端明殿学士等职，他还曾外放任福建路转运使，并先后治理泉州、福州、开封及杭州府事务。逝世后，朝廷追赠其为礼部侍郎，至南宋乾道年间（1165—1173 年），更被追谥为“忠惠”。在泉州知府任上，蔡襄主导修建了泉州洛阳桥连接晋江与惠安，极大地促进了福建东部沿海地区的南北交通。担任福建路转运使期间，他倡导在福州至漳州长达七百里的驿道上广泛种植松树。蔡襄对荔枝品种及其加工技术有深入的研究，所著《荔枝谱》被誉为“全球首部果树分类学专著”。在建州期间，他亲自监制了宋代贡茶中的珍品“小龙团”武夷茶，并著《茶录》一书，系统总结了古代制茶与品茶的智慧与经验。其散文、诗歌亦有成就，有《蔡忠惠公全集》。蔡襄性格忠厚正直，秉持信义，学识广博且书法造诣深厚。在书法史上，谈及宋代书法大家，常有“苏、黄、米、蔡”四大书家的美誉，其中蔡襄的书法以浑朴庄重、清醇温婉之美独树一帜，形成了自己独特的风格。

过真慧素上人院，见红薇盛开，因思西阁后轩数株，遂成短章，寄翰林原叔八丈禹玉阁长兼书真慧壁间以记所遇

八月吴天觉早凉，翠丛初拆碎朱房①。
繁枝欲卧不胜力，落片将飞犹自香。
西阁二年临昼梦，金刀一夕掩春芳。
栏边想像频回首，渐觉星垣迥汉傍。

注释

①朱房：红色未开放的花蕾。

释义

八月的吴地已经感受到了早秋的凉意，绿色的花丛中，刚刚绽放的紫薇星星点点散落其间。红薇花枝繁叶茂，显得有些柔弱，它的花瓣在风中飘散，散发出淡淡的香气。西阁两年时光让我白日做梦，一夜之间金刀掩埋了春天的芬芳。栏杆边我频频回首想象，渐渐地觉得星辰与银河相隔甚远。

鉴赏

这首诗是蔡襄在游览真慧素上人院时看到红薇花盛开而创作的。当时正值八月，天气微凉，红薇花在微风中摇曳生姿，散发出淡淡的香气。诗人被红薇花的美丽所吸引，想起了自己在西阁后轩种植的几株红薇花，于是写下了这首诗，表达了自己对红薇花的

喜爱和赞美之情。

这首诗描绘了红薇花的美丽和娇艳。诗人通过细腻的笔触，将红薇花的形象栩栩如生地展现出来。首句“八月吴天觉早凉”，点明了时节是八月，天气已有些凉意，为全诗定下了清新的基调。“翠丛初折碎朱房”描写了红薇花初开时的景象，用“翠丛”“碎朱房”等词语形象地描绘出红薇花的颜色和形态。“繁枝欲卧不胜力”用拟人的手法，将红薇花的枝条描绘得柔弱无力，形象生动。“落片将飞犹自香”展现出红薇花淡淡的香气。“西阁二年临昼梦，金刀一夕掩春芳”表达了作者对红薇花的深深怀念和眷恋，同时也透露出一种无奈和失落。尽管作者在西阁种植了红薇花，但是时间却无法倒流，过去的美好时光也已无法重现。因此，作者只能在梦中回忆红薇花的美丽和芬芳，而现实中的红薇花却已随时间的流逝而消失。

通过这首诗，我们可以感受到诗人对红薇花的深深喜爱和赞美之情。诗人用清新自然的语言，描绘了红薇花的美丽和娇艳，同时也表达了自己对生活的热爱和乐观态度。整首诗情感真挚、意境深远，展现出诗人高超的文学造诣和深厚的人文情怀。

董嗣杲

董嗣杲，字明德，号静传，杭州（现浙江境内）人。在宋理宗景定年间，董嗣杲于九江富池主管茶叶专卖事务。至度宗咸淳末年，他又出任武康县令。宋朝覆灭后，他遁入山林成为道士，并改名为思学，字无益。董嗣杲擅长作诗，诗句清新脱俗，著有《庐山集》五卷、《英溪集》一卷以及《西湖百咏》二卷（以上均见于《四库总目》），这些作品均闻名于世。他的诗歌作品数量不多，但语言简练，意境深远，表达了他对自然和人生的独到见解。

紫薇花

枝干无皮①痒有身，朱房翠户演精神。
星垣②光射开花地，纶阁③香侵视草臣④。
肘肘紫蕤飞烈日，心心黄粟舞晴尘。
何从借取麻姑爪，莫厌爬搔此树频。

注释

①无皮：形容紫薇花枝干的一种独特形态。②星垣：比喻紫薇花绽放的地点，形容其

如同星辰般璀璨夺目。③纶阁：在古代通常指皇帝颁发诏书、处理政务的楼阁，是朝廷中的重要场所。在诗中，诗人可能借用“纶阁”这一象征性的地点，来描绘紫薇花的高贵和显赫地位。④视草臣：在古代是指为皇帝起草诏书的官员，他们通常具有较高的文学素养和地位。在诗中，诗人用“视草臣”来借指那些能够欣赏和珍视紫薇花的高雅之士。

释义

紫薇花的枝干没有树皮，痒痒花依附其身。红色的花房与翠绿的叶片相映成趣，精神焕发。紫薇花的开花之地光华闪耀，它的香气和美丽能够影响到那些身居高位、有权有势且能够欣赏高雅文化的人。紫薇花的花瓣厚实，烈日下盛开，黄色的花蕊在晴空中飘扬，如同黄色的粟粒在舞动。我渴望能借得麻姑仙子的纤纤玉手，她拥有修长的指甲，轻柔地抚摸紫薇花。

鉴赏

这首诗赞美了紫薇花的美丽和芬芳，同时也表达了诗人对自然和人生的思考和感悟。“枝干无皮痒有身”，形象地描绘了紫薇花独特的枝干特征，没有树皮，并赋予其“痒有身”的拟人化特征，形象地描绘了紫薇树在生长过程中的动态美。“朱房翠户演精神”则以拟人的手法，将紫薇花的花房比作朱房，叶片比作翠户，形象生动地描绘了紫薇花的美丽和娇艳。“星垣光射开花地”以星垣比喻紫薇花盛开之地，光华闪耀，形象地描绘了紫薇花盛开的景象。“纶阁香侵视草臣”形象地描绘了紫薇花的香气弥漫到朝廷之中，连那些高官显贵都被其吸引，表达了诗人对紫薇花芬芳的赞美之情。“肘肘紫蕤飞烈日，心心黄粟舞晴尘”通过比喻和拟人的手法，形象生动地描绘了紫薇花的美丽和芬芳，以及其在阳光下的美丽舞姿。其中，“肘肘”形象地描绘了紫薇花的花瓣厚实，与“飞烈日”结合，形成了强烈的视觉冲击力；“心心黄粟舞晴尘”则通过拟人的手法，为黄粟般的紫薇花籽粒赋予了生命，展现了其在晴空舞动的美丽。“何从借取麻姑爪，莫厌爬搔此树频”则以麻姑比喻神仙美女，希望借取麻姑仙女的手来抓挠此树，表达了诗人对紫薇花的喜爱之情。同时，“莫厌爬搔此树频”也表达了诗人对自然和人生的热爱和乐观态度。

整首诗语言简练，意境深远，给人留下深刻的印象。通过描绘紫薇花的美丽和芬芳，以及其在阳光下的美丽舞姿，表达了诗人对自然和人生的热爱和思考。同时，也透露出诗人对生活的热爱和乐观态度。

韩 维

韩维（1017—1098 年），字持国，颍昌（今河南许昌）人，祖籍真定灵寿（今属河北）。出生于北宋真宗天禧元年（1017 年），为韩亿的第五子，与韩绛、韩缜等为兄弟。熙宁二年(公元 1069 年),他升任为翰林学士并兼任开封府知府。在整个神宗统治期间,由于他与王安石政见不合,或许还因他的兄长韩绛入朝为相的缘故,他多次被外放任职,历任襄州、河阳、许州的知州。到了宋哲宗时期,韩维被任命为门下侍郎。之后,他又出任邓州知州,改任汝州知州。最终,韩维以太子少傅的身份退休。绍圣年间,他被列入元祐党籍,被贬为崇信军节度副使,并被安置在均州。彼时,他的几个儿子请求朝廷允许他们放弃官爵,让父亲回到家乡居住,朝廷答应了他们的请求。哲宗元符元年(1098 年)韩维离世,年八十二。有《南阳集》三十卷传于世。

红薇花

杏梅成实夏阴浓,波面繁花刺眼红。
莫为春归减欢兴,共将弦管乐薰风①。

注释

①薰风:指的是和暖的风,尤其是指初夏时节的东南风;有时代指《南风歌》。

释义

在杏梅果实成熟的盛夏,树荫浓郁,波光粼粼的水面上倒映着繁花盛开,红艳似火,令人眼花缭乱。不要因为春天的逝去而减少欢乐,让我们一起弹奏弦管,欢歌笑语,享受温暖的风。

鉴赏

这首诗创作于宋仁宗时期(1022—1067 年),当时韩维担任校书郎等职。这一时期政治稳定,经济繁荣,文化艺术也取得了巨大的成就。这首诗描绘了红薇花在盛夏时节热烈绽放的景象,表达了诗人对红薇花的赞美和喜爱之情。

首句"杏梅成实夏阴浓"点明了时节是夏季,杏梅已经结成了果实,暗示着丰收的季节已经到来。同时,也突出了夏季的特点,那就是阳光明媚、气温高、树荫浓郁,为全诗奠定了基调。

第二句"波面繁花刺眼红",红薇花绚烂绽放,其艳丽之姿倒映在波光粼粼的水面上,繁花似锦,刺眼欲盲,给人以强烈的视觉冲击力。此句用词简练,却生动地表现了红薇花的鲜艳和繁盛。

第三句"莫为春归减欢兴"表达了诗人对红薇花的赞美之情。诗人认为,尽管春天已经过去，但是红薇花的美丽仍然能够带来无限的欢愉和快乐。这里的“春归”不仅指春天的结束，也暗示着生命的流逝和时光的不可逆转。但是，诗人并没有因此而感到悲伤或消沉，相反，他欣赏并享受红薇花的美丽，将其视为生命中美好的一部分。

最后一句“共将弦管乐薰风”展现了诗人对生活充满热爱以及持有的积极向上的乐观心态。诗人认为，我们应该与亲朋好友一起欣赏红薇花的美丽，享受音乐和自然的恩赐，让生活充满快乐和美好。这里的“弦管”和“薰风”都是美好的象征，代表了音乐、自然和美好的生活。

整首诗语言简洁明快，意境深远，通过对红薇花的描绘，表达了诗人对生命和自然的热爱和感悟。同时，这也彰显了诗人对生活的积极展望和乐观向上的心态风貌。

曾　肇

曾肇(1047—1107年)，字子开，号曲阜先生，建昌南丰(今江西省南丰县)人。北宋时期的文学家、诗人和书法家，曾任吏部侍郎等职，是鲁国公曾易占的儿子，文学家曾巩的异母弟，世称“南丰七曾”(曾巩、曾肇、曾布、曾纡、曾纮、曾协、曾敦)之一。他的诗歌风格清新自然，意境深远，善于以物言志，借景抒情，具有很高的艺术成就。他曾著有《曲阜集》四十卷、《西掖集》十二卷、《内制》五十卷、《外制》三十卷、《宸章》二十五卷以及《奏议》十卷，其中大部分未能流传下来。在清康熙年间，其后裔曾俨搜集散佚之文，重新编纂成《曲阜集》四卷，并被收录进了《四库全书》。他的传世书迹有《五十郎帖》《造门帖》《近疏帖》《奉别帖》以及滁州的《庆厝集碑》石刻等。

紫薇花

庭前紫薇花，庭下红药砌。
繁华天上春，逼仄人间世。

释义

庭院前的紫薇花开得正艳，庭下的红药花也如锦绣般绽放。这繁华盛景仿佛是天上之春，而狭窄拥挤的人间却与此形成鲜明对比。

鉴赏

“庭前紫薇花，庭下红药砌”这两句诗描绘了庭院中的紫薇花和红药花盛开的景象，表现了春日的繁华和生机。紫薇花和红药花都是夏季盛开的花卉，它们的绚烂多彩，象征着生命的蓬勃和热烈。

“繁华天上春，逼仄人间世”这两句诗将天上繁华的春景与人间狭窄拥挤的世界进行了对比，形成强烈的反差。诗人借此表达了对繁华世界的向往和对狭窄人间的无奈和厌倦。其中，“逼仄”一词形象地描绘了人间世界的拥挤和局促，与天上的盎然春景形成了鲜明的对比。

通过这首诗的描述和赏析，我们可以感受到诗人对于繁华世界的向往和对狭窄人间的无奈、厌倦之情。这种情感源于诗人对于美好生活的追求和对现实的反思。同时表达了诗人对现实的批判和对未来的期望。整首诗语言优美，意境深远，充满了诗人对人生的思考和感悟。

华 镇

华镇（约公元 1093 年前后在世），字安仁，号云溪，会稽（浙江绍兴）人。生卒年均不详，约在世于宋哲宗元祐末前后。好学博古，擅长诗文。元丰二年（1079 年）进士及第。官至朝奉大夫，曾任漳州军事。镇好学不倦，广涉古籍。在仕途上，他曾任朝奉大夫，并主管漳州军事。华镇深入研究古代圣贤的微妙言辞，广泛收集古代书画资料，并著书立说，成果丰硕。他的著作包括《云溪居士文集》一百卷、《扬子法言训解》十卷、《书记》三卷、《会稽览古》诗一卷、词一卷、《会稽录》一卷以及哀文一卷，总计一百一十七卷，但许多已经散佚。据《会稽续志》记载，他曾创作会稽览古诗一百三十首，但这些诗并未被收入他的文集中。《国史经籍志》记载了他的《云溪居士集》一百卷，而未提及他的其他著作。在《四库全书》中，从《永乐大典》中辑录出了他的诗文三十卷，题为《云溪居士集》。此外，《两宋名贤小集》卷七十三收录了他的《蓺斋小集》，其中仅有他吟咏会稽山水的诗作十六首。

紫薇花

雨余庭下紫薇芳，帘幙[①]风清发早凉。
细叶密攒红縠[②]皱，纤枝交曳彩霞长。
清都旧许分星号，西掖[③]曾容对省郎[④]。
怅望日边承露掌[⑤]，何时相与照秋光。

注释

①帘幙：帘幕。②縠：hú，通常指的是一种用细纱织成的皱状丝织物，因其轻薄且具有独特的纹理而备受青睐。③西掖：宫阙西侧，中书或中书省的别称。④省郎：指尚书省、中书省的官吏。⑤露掌：指的是承露盘，这是一种古代建筑中的装饰物，用于承接露水。其典故源自汉武帝时期，据《汉书》等古籍记载，汉武帝迷信，曾在建章宫建筑神明台，立铜仙人舒掌捧铜盘承接甘露，饮以延年。

释义

雨后的庭院中，紫薇花散发出芬芳。同时帘幕轻拂，清风徐来，带来一丝凉意。那紫薇的细叶紧密地攒聚，宛如红色绉纱般的褶皱；纤细的枝条交错摇曳，似乎拉长了彩霞的绚烂。朝廷过去曾根据紫微星的名字来命名中书省，而西掖也曾容纳过我们这些省郎。我惆怅地遥望着天边那承接甘露的仙人手掌，不知何时能与紫薇一同照耀这秋日的时光。

鉴赏

通过这首诗，我们可以感受到诗人对紫薇花的喜爱和对自然环境的敏锐感受。同时，诗中也透露出诗人对过去时光的怀念和对未来的期许。整首诗语言优美、意境深远，充分展现了华镇作为一位文人的艺术才华和人文精神。

首联"雨余庭下紫薇芳，帘幙风清发早凉"描绘了雨后的庭院和紫薇花的芬芳，以及清风带来的凉意。这两句不仅为全诗奠定了基调，还通过细腻的描写展现了诗人对自然环境的敏锐感受。

颔联"细叶密攒红縠皱，纤枝交曳彩霞长"进一步以细腻的笔触描绘了紫薇花的形态和色彩，通过比喻和拟人等修辞手法，将紫薇花的美丽和生机展现得淋漓尽致。

颈联"清都旧许分星号，西掖曾容对省郎"则通过回忆和联想，将紫薇花与北宋的都城和官署联系起来，表达了诗人对过去时光的怀念和对仕途的感慨。

尾联"怅望日边承露掌，何时相与照秋光"则以惆怅的笔调收束全诗，通过遥望天边的仙人手掌和期待与紫薇花一同照耀秋光的愿望，表达了诗人对未来的期许和对美好生活的向往。

释道潜

释道潜（1043—1106 年），俗姓何，本名昙潜，字参寥，赐号妙总大师。杭州於潜（今浙江临安）人。北宋时期的著名诗僧，擅长绝句，苏轼非常器重他，赞誉其"诗句清绝，可与林逋相上下，而通了道义，见之令人萧然"，又称其诗风酷似唐代诗人储光羲。其近体诗作大多清新自然，率真无饰，尽显唐人风韵，诸如“风蒲猎猎弄轻柔，欲立蜻蜓不自由。五月临平山下路，藕花无数满汀洲”“数声柔橹苍茫外，何处江村人夜归”“隔林仿佛闻机杼，知有人家住翠微”，均为当时人人咏诵。释道潜著有《参寥集》十二卷，有明崇祯八年(1635 年)汪汝谦所刊本、《四库全书》本、清代徐绍乾校抄本，以及《四部丛刊》三编本等。

夏　夜

斗帐昏昏夜气蒸，移床趁月卧中庭。
紫薇花露沾衣冷，翻觉华胥[1]梦易醒。

注释

①华胥：古代神话中一个无为而治的理想国家。

释义

斗帐内的光线昏暗，夜晚气温高，让人仿佛能感受到空气中弥漫的热浪。诗人在难以忍受室内闷热的情况下，选择到庭院中乘凉。紫薇花露沾湿了衣衫，感觉很冷，一阵风吹来，仿佛华胥仙境的梦境也容易醒来。

鉴赏

首句“斗帐昏昏夜气蒸”描述了夜晚的闷热和湿蒸。诗人用“昏昏”形容斗帐内的光线昏暗，同时也表达了夜晚的静谧和神秘感。“夜气蒸”则形象地描绘了夜晚气温高、湿气重的氛围。

次句“移床趁月卧中庭”，诗人从床上移步来到庭院中，想要借着月光休息。这里通过“趁月”二字表达了诗人对明月的喜爱和向往，同时也暗示了庭院中的宁静和美好。“卧中庭”则进一步强调了庭院的美景和诗人的闲适心情。

第三句“紫薇花露沾衣冷”，诗人用“紫薇花露”这一形象来描绘夜晚的清凉和美丽。紫薇花夏季盛开，花色艳丽，花香清新。这里用“沾衣冷”形容紫薇花上的露水给诗人带来的凉意，同时也暗示了夜晚的宁静和清冷。

最后一句“翻觉华胥梦易醒”，诗人用“华胥梦”这一典故来比喻人生的虚幻和无常。华胥是中国古代传说中的一个国名，据说这个国家的人民生活安逸、幸福。但是诗人醒来后发现只不过是一场梦境。这里诗人表达了自己对人生的感慨和思考，认为人生的幸福和美好往往都是短暂和虚幻的，因此应该珍惜当下，把握人生的真谛。

胡宿

胡宿(995—1067年),字武平,常州晋陵(今江苏常州)人,北宋时期的官员、诗人和书法家。胡宿在北宋仁宗天圣二年(1024年)高中进士,历任扬子尉、宣州通判、湖州知州、两浙转运使,后修起居注、知制诰,并升任翰林学士、枢密副使。至英宗治平三年(1066年),他以尚书吏部侍郎兼任观文殿学士的身份治理杭州。四年,他被任命为太子少师并准备退休,然而诏命未至,他就因病长逝,享年七十三岁。在仁宗、英宗两朝为官期间,胡宿以居安思危的远见、宽厚仁爱的为人以及正直无私的操守而著称,去世后被追赠文恭谥号。

阁前紫薇花

高鬟美人髻,妆阁一何鲜。
迷路[1]来春后,开花近日边。
居常浇御水,动欲绚非烟。
分润从仙掌,流薰自帝弦。
雅当翻药地,繁极曝衣天。
色映芝泥[2]熟,香交蕙炷燃。
吟残秋蕊脱,睡起午阴圆。
应笑凭栏者,相看已几年。

注释

①迷路:此处为比喻用法,并非实指迷失道路。它寓意着紫薇花在春末夏初时绽放。

②芝泥:古人用于封缄书札物件的封泥。这种封泥上会盖上印章,类似于后世使用的火漆印,用芝泥的色泽来比喻或映衬紫薇花的鲜艳与成熟之美。

释义

紫薇花的花形犹如美人高挽的发髻,它生长的环境像女子梳妆的楼阁,多么鲜艳。紫薇花在春末夏初时绽放,如同迷路者终于找到归宿,花朵绽放仿佛靠近日边。日常浇灌御赐之水,开花时绚丽多彩如烟。润泽分自仙人掌,香气熏染自帝王的琴弦。雅致清净的药地,繁花盛开在曝晒衣物的晴天。花瓣颜色如芝泥般熟滑,香气与蕙草燃烧的烟雾相交融。秋天的花蕊在吟咏中凋谢,午后的树荫让人安睡。应该嘲笑那些凭栏看花的人，他们已经看了好几年。

鉴赏

“高鬟美人髻，妆阁一何鲜”通过比喻和形容词的运用，形象地描绘了紫薇花美丽的花形和鲜艳的色彩。这里用“美人髻”来形容紫薇花的形态优美，“妆阁一何鲜”则强调了紫薇花的鲜艳和亮丽。

“迷路来春后，开花近日边”则通过时间和空间两个角度来赞美紫薇花的美丽。“来春后”暗示了紫薇花在春天之后开放，“开花近日边”则形象地描绘了紫薇花开的盛况，如同在太阳的旁边一样耀眼。

“居常浇御水，动欲绚非烟”通过描绘紫薇花的生长环境和开花时的美丽景象，进一步赞美紫薇花的美丽。“浇御水”暗示紫薇花受到精心的照顾，“绚非烟”则形容了紫薇花开的盛况，如同烟雾般缭绕。

“分润从仙掌，流薰自帝弦”则通过比喻和象征的手法，赞美紫薇花的美丽和价值。“分润从仙掌”暗示了紫薇花受到神仙般的恩赐，“流薰自帝弦”则用香气与音乐的通感形容了紫薇花香气的浓郁和美好。

整首诗语言优美、意境深远，通过对紫薇花的描绘和赞美，表达了诗人对生活的热爱和感悟。同时，也透露出诗人对自然和人生的思考和感悟。

送石舍人入西阁见紫薇花盛开

西台重见紫薇花，天上时时好物华。
人向药阶升禁掖，路从桃水入仙家。
香英[①]半落风前酒，高艳遥烘日际霞。
却忆后斋浓睡觉，芝泥[②]初熟午阴斜。

注释

①香英：即香花。②芝泥：古人用于封缄书札物件的封泥。这种封泥上会盖上印章，类似于后世使用的火漆印，在诗中被用来形容一种典雅、庄重的氛围。

释义

在宫廷西台再次见到紫薇花开得如此灿烂，天上的美景和美好的事物总是层出不穷。人向着药阶一步步进入朝廷的高位，路从桃水边经过，最终进入仙境。在风前的酒杯中，紫薇花的香气与酒香混合，高艳的紫薇花仿佛在太阳下映衬出日际的彩霞。回想起在后斋午后浓浓的睡意，那时紫薇花刚刚开放，午后的树荫下，诏令刚刚完成，如同芝泥刚刚制作好一样。

鉴赏

首联“西台重见紫薇花，天上时时好物华”中，诗人以紫薇花作为切入点，表达了再次见到紫薇花的喜悦之情。同时，通过“天上时时好物华”的描绘，展现了宫廷中美好的景物和繁荣的景象。

颔联“人向药阶升禁掖，路从桃水入仙家”中，诗人描述了人一步步进入宫廷的景象，“药阶”象征着宫廷的庄重与神圣，“禁掖”则代表宫廷的神秘与高贵。“路从桃水入仙家”则描绘了通往仙境的路途，形象地表现了紫薇花所处环境的超凡脱俗。

颈联“香英半落风前酒，高艳遥烘日际霞”中，诗人通过描绘紫薇花的香气和艳丽，进一步赞美了紫薇花的美丽。其中，“香英半落风前酒”形象地描绘了花香与酒香的混合，“高艳遥烘日际霞”则通过比喻的手法，将紫薇花的艳丽比作日际的彩霞，形象地表现了紫薇花的美丽和高贵。

尾联“却忆后斋浓睡觉，芝泥初熟午阴斜”中，诗人通过回忆的方式，描述了在后斋午后浓浓的睡意中，紫薇花刚刚开放时的情景。其中，“芝泥初熟午阴斜”描绘了正午的阳光斜照在紫薇花的树荫下，营造出一种宁静、闲适的氛围，形象地表现了紫薇花的娇艳与美丽。

范祖禹

范祖禹(1041—1098年)，字淳甫(淳，或作醇、纯，甫或作父)，一字梦得，汉族，成都华阳人。生于宋仁宗康定二年，逝于哲宗元符元年，享年五十八。范祖禹是有名的历史学家，为“三范修史”其一。他有著作《唐鉴》十二卷、《帝学》八卷、《仁宗政典》六卷，其中《唐鉴》一书深刻揭示了唐朝三百年间的治世与乱世，学者们非常尊崇它，并将其作者尊称为“唐鉴公”。

和蜀公紫薇花再发寄中书舍人

几年幽独饮风霜，一日荣观似堵墙。
地养深根成异产，天回淑气发新阳。
宾朋须醉千锺酒[1]，蜂蝶争偷百和香。
留得青毡[2]真旧物，于今凤阁有名郎。

注释

①千锺酒：夸张的说法，用以形容酒量之大、饮酒之欢。在这里，“千锺酒”更多的是表达一种畅饮、尽兴的氛围。②青毡：青色的毛毯，常用“青毡旧物”来比喻家传的珍贵之物或先代遗留的宝物。

释义

几年孤独生活饱经风霜，但就在某一天，紫薇花突然盛开，繁花似锦，如同墙壁一般壮观。大地孕育了它的深根，赋予它独特的形态，而暖和的天气则唤醒了它的生机。宾客和朋友们都为之陶醉，需要痛饮千杯美酒来庆祝。蜜蜂和蝴蝶都争相采其香气，带走这百和之香。紫薇花还保留着青翠的毡垫般的叶子，而现在在凤凰阁中，已经有了有名的官员。

鉴赏

这首诗是范祖禹写给中书舍人（中书省官员）的，表达了他对紫薇花的赞美和对友人的敬意。

首联“几年幽独饮风霜，一日荣观似堵墙”中，诗人描述了紫薇花在几年孤独中饱经风霜，终于在一天盛开如同一堵墙，形象地表现了紫薇花的坚韧和美丽。

颔联“地养深根成异产，天回淑气发新阳”中，诗人赞美紫薇花的美丽是由大地养育而成的，又借助天气的回旋暖意而绽放出新的生机。这里，“异产”指的是紫薇花这一独特的花朵，“新阳”则象征着新的生机和希望。

颈联“宾朋须醉千锺酒，蜂蝶争偷百和香”中，诗人以夸张的手法，形容宾朋需要醉饮千杯酒才能欣赏到紫薇花的美丽，同时蜜蜂和蝴蝶也争相前来，想要窃取紫薇花的百种香气。这里，“千锺酒”和“百和香”都是夸张的表达方式，强调了紫薇花的香气扑鼻和美丽动人。

尾联“留得青毡真旧物，于今凤阁有名郎”中，诗人以青毡比喻紫薇花的美名由来已久，同时又赞誉中书舍人是一位有才华、有名望的官员。这里，“青毡”和“凤阁”都是象征性的词语，强调了紫薇花和中书舍人在历史和文化中的重要地位。

从创作背景来看，这首诗可能是在范祖禹贬官后所作，表达了他对中书舍人的敬意和对紫薇花的赞美。通过对紫薇花的描述，诗人借花喻人，赞美中书舍人的才华和品格，同时也表达了自己虽然被贬官但仍然坚韧不拔的决心和信心。整首诗语言优美、意境深远，富有哲理和思考，反映了诗人对友情、人生和历史的深刻见解。

刘克庄

刘克庄(1187—1269年),南宋诗人、词人、诗论家。字潜夫,号后村居士。莆田(今属福建)人。原名灼,师从真德秀,凭借祖上功勋步入仕途。公元1246年,刘克庄被赐予进士功名,一路升迁,直至担任工部尚书并兼任侍读一职。他擅长诗词,是南宋江湖诗派人物,也是辛派的重要词人。早年他与永嘉四灵派的翁卷、赵师秀等人有所交往,其诗歌创作在初期受到了他们的影响,倾向于晚唐风格,精雕细琢。后来另辟蹊径,通过诗歌歌颂现实生活,摆脱了四灵派的影响,其成就超越了其他江湖诗人。在江湖诗人中年寿最长,官位最高,成就也最大。晚年致力于辞赋创作,提出了许多革新理论。刘克庄一生中在官场起伏不定,壮志难酬,这种经历使得他的词作充满了深沉的哀痛与激昂的情感,虽无辛弃疾那般英雄豪迈的气概,却也流露出一种压抑中的洒脱。他的作品数量众多,现今保留有《后村先生大全集》,其中收录了他的诗歌超过5000首,词作200余首,诗话4卷以及诸多散文篇章。词作专集有《后村别调》传世。

紫　薇

风标雅合对词臣①,映砚窥窗伴演纶②。
忽发一枝深谷里,似知茅屋有诗人。

注释

①词臣:在古代,词臣通常指中书省等官署中负责撰写朝廷文书的官员,在这首诗中,“词臣”与紫薇花形成了紧密的关联,不仅因为紫薇花常被栽种在皇宫、官邸等场所,更因为紫薇花的高雅风姿与词臣的气质相得益彰。②演纶:“纶”,古代指帝王的诏令文书。“演纶”这里有施展文才之意。

释义

紫薇花的风姿与高雅之气的确与朝廷中的文臣相匹配,它倒映在砚台上,透过窗户窥视,伴随着辞赋的创作。忽然从深谷中发出一枝花,好像知道茅屋里有个诗人。

鉴赏

诗人在描绘紫薇时,使用了一个“风标雅合”的词语,形容紫薇花的风姿高雅,与词臣的气质相得益彰。这个比喻表达了紫薇花的美丽和优雅,同时也暗示了它的高贵和与众不同。“映砚窥窗”则描绘了紫薇花与诗人之间的关系。紫薇花倒映在砚台上，仿佛在窥视窗外的风景，与诗人相伴。这里，诗人用拟人的手法，赋予紫薇花以人的情感和意识，表达了诗人对紫薇花的喜爱和亲近感。“忽发一枝深谷里”则突出了紫薇花在深谷中独自开放，更显其坚韧和高洁。“似知茅屋有诗人”通过拟人的手法，赋予了紫薇花以人的情感和意识，好像知道茅屋里有个诗人，与诗人相伴相知。这种描绘进一步加深了诗人与紫薇花之间的亲密联系，同时暗示了诗人内心的平静与满足。在这个深谷里，只有紫薇花和诗人相伴，形成了一种独特的意境和美感。

总的来说，这首诗通过细腻的描绘和拟人的手法，表达了诗人对紫薇花的喜爱和亲近感，同时也反映了诗人内心的平静与满足。整首诗拟人生动有趣，读来饶有趣味。

李流谦

李流谦（1123—1176 年），字无变，号澹斋，德阳（今属四川）人。他是一位贤良之臣，在高宗绍兴年间，凭借其父之功绩，得补将仕郎之职，后被授予成都灵泉尉。任期届满后，调任雅州任教授。当时，虞允文正宣抚四川，将他招致麾下。不久，因虞允文的举荐，他又被任命为各王宫大小学教授。此后，他出任潼州府通判。孝宗淳熙三年，李流谦逝去，享年五十四岁。他遗留下的著作，由其子廉榘编写整理成集，名《澹斋集》，共计八十九卷，现已失传。而后清代四库馆臣根据《永乐大典》重新辑录，得以保存为十八卷（其中诗八卷）。

紫薇花

庭前紫薇初作花，容华婉婉明朝霞。
何人得閒①不耐事，听取蜂蝶来喧哗。
丝纶阁②下文书静，能与微郎破孤闷。
一般草木有穷通③，冷笑黄花伴陶令。

注释

①閒：闲暇。②丝纶阁：中书省，为皇帝起草诏书的地方。③穷通：困厄与显达，干涸与流通。

释义

庭前紫薇刚刚开放成花朵，容貌娴雅，犹如早晨明亮的霞光。有谁闲暇无所事事，倾听蜜蜂和蝴蝶的嘈杂声。丝纶阁下的文书安静整齐，可以陪伴紫微郎打破孤寂的压抑。所有的草木都有各自的生长周期，菊花以它那超脱世俗的姿态，陪伴着归隐田园的陶渊明。

鉴赏

这首诗描绘了庭前紫薇初开，美丽动人的景象，通过蜜蜂和蝴蝶的喧嚣，表现了现实生活中繁忙与无聊的对比。丝纶阁下的文书和紫微郎的相伴，象征着互相陪伴可以减轻孤独。最后，作者通过对自然和人生的思考，抒发了对菊花与陶令相伴度日的淡然态度。整篇诗歌表达了对生活的体悟与感慨。

祝穆

祝穆（1190—1256年），初名丙，字和甫，其曾祖祝确为朱熹的外祖父。其先新安（今安徽歙县）人，徙居崇安（今福建武夷山）。其父曾为康国之臣，与朱熹为内弟之谊，祝穆自幼孤，与弟癸一同拜师学习于朱熹，因精通儒学而闻名。宋理宗宝祐四年（公元1256年），他考中进士。初任迪功郎，后被任兴化军涵江书院的山长。景定年间，他又担任了太学博士之职。祝穆性格温和，品行醇厚，其文章内容丰富，广博精深，因程元凤和蔡杭的推荐而被授予迪功郎之职。他擅长作词，现今保存下来的词作有两首，《贺新郎》和《沁园春·寿宋通判》。他的著作现今存有《古今事文类聚》前集、后集、续集及别集，共四集，《方舆胜览》七十卷，以及《新编四六宝苑群公妙语》四十三卷。其词被收录在《全宋词》第四册中，两首诗被收录在《全宋诗》卷三二七一，文章则被收录在《全宋文》卷七四六九。

贺新郎

此木生林野，自唐家，丝纶置阁，托根其下，长伴词臣挥帝制，因号紫微堪诧，常缥缈，紫微仙驾，料想紫微躔①降种，紫微郎，况是名同者，兼二美，作佳话。

一株乃肯临茅舍，肌肤薄，长身挺立，扶疎②潇洒，定怯麻姑爬痒爪，只许素商陶冶，擎绛雪，柔枝低亚，我意香山东坡老，只小诗，便为增声价，后当有，继风雅。

注释

①躔：天体的运行。③扶疎（fú shū）：亦称“扶疏”，枝叶茂盛，高低疏密有致。

释义

这棵紫薇木生长在林野之中，自唐以来，它就在高阁之上生根发芽，一直陪伴着文臣们挥笔创作御制诗文，因此被誉为紫微，真是一件令人感到惊奇的事情。它时常给人一种缥渺的感觉，仿佛是神仙驾临，让人联想到天上的紫薇星。料想这紫薇星下凡降生为紫薇木，那紫微郎也一定是名同其木，两者兼具，成为一段佳话。

一株紫薇竟然愿意生长在茅舍旁边，它的肌肤薄而细腻，身材修长挺拔，枝叶扶疏潇洒。它的枝条柔嫩，恐怕连麻姑的痒爪都无法攀爬，只能任由素商陶冶，托举着绛雪般的繁花，柔嫩的枝条低垂而下。我意在赞美香山东坡老先生，他的小诗就像紫薇木一样增添了声价。我相信在未来的文人雅士中，一定会有像他一样的人来继续发扬风雅。

鉴赏

这首贺新郎词以紫薇木为题材，表达了作者对文臣诗人的敬意和对天上的紫薇星的向往。整首词语言优美流畅，描写生动细致，形象鲜明。通过紫薇木的生长环境和特点，作者将其与文臣诗人和天上的紫薇星相联系，表现了对高雅文化的追求和对文学艺术的热爱。同时，词中也流露出一种缥渺、神秘的感觉，给人留下深刻的印象。

王之道

王之道(1093—1169 年)，字彦猷，自号相山居士，无为(今属安徽)人。宋徽宗宣和六年(公元 1124 年)，王之道与其兄长王之义、其弟王之深一同考中进士，因为在进言中直言不讳地批判联合金国攻打辽国的策略，被贬至低位。至宋钦宗靖康初年，他调任和州历阳县丞，兼任乌江县令，后因侍奉双亲而辞官。金兵南下侵犯时，他率领乡亲退守胡避山。镇抚使赵霖委任他总管无为军事务，朝廷随后任命他为镇抚司参谋官。宋高宗绍兴年间，他任职滁州通判，因上奏反对和议一事触怒了秦桧，被贬为南雄州溪堂镇盐税监官，恰逢朝廷赦免而未能成行，于是在相山隐居近二十年。秦桧死后，他重新被起用为信阳军知军，历任湖北常平茶盐提举、湖南转运判官，最后以朝奉大夫的身份结束仕途。王之道宋孝宗乾道五年去世，享年七十七岁。他著有《相山集》三十卷(《直斋书录解题》卷十八记作二十六卷，《宋史・艺文志》记作二十五卷)，但原书已失传。清四库馆臣从《永乐大典》中辑录出三十卷，其中诗文占十五卷。

紫薇花

过尽红薇到紫薇，广庭高槛见芳菲。
缤纷不逐槐花落，拂掠应从燕子飞。
枝压画檐朝露重，影摇苔砌午风微。
何当草诏丝纶阁，伴我黄昏坐禁闱①。

释义

①禁闱：皇宫内院。

释义

过去了红色的薇花，来到紫色的薇花，广阔的庭院，高高的栏杆，看到了芳菲美景。紫薇花的花瓣缤纷绚烂，却不与槐花一同凋落。在微风吹拂下也如同燕子般翩翩起舞，轻盈而优雅。枝条压弯了画檐，朝露滴落得沉甸甸的，树影摇曳，苔砌上午风微微吹拂。何时能在丝纶阁中起草诏书，能有紫薇花与我伴坐在黄昏下的皇宫内院里。

鉴赏

首句描写了在春天的红薇花凋谢之后，紫薇花随之盛开，在宽阔的庭院和高高的栏杆旁，人们可以欣赏到紫薇花的芬芳。这里的“红薇”指开春花的植物，而“紫薇”是开夏花的植物，诗人通过对比，突出了紫薇花的季节特点。“缤纷不逐槐花落，拂掠应从燕子飞。”这句诗描绘了紫薇花不随槐花一同凋落，而是在像燕子一样在微风中翩翩起舞。这里的“缤纷”形容紫薇花色彩斑斓。“枝压画檐朝露重，影摇苔砌午风微。”描述了紫薇花的枝条压在画檐上，早晨的露水显得沉重，而到了中午，微风轻拂，紫薇花的影子在长满青苔的台阶上摇曳。尾句“何当草诏丝纶阁，伴我黄昏坐禁闱”表达了诗人希望在起草诏书的丝纶阁中，能有紫薇花陪伴自己度过黄昏时光的愿望。暗示了诗人对紫薇花的钟爱以及对孤独官场生活的隐喻。整首诗通过对紫薇花的描绘，展现了诗人对紫薇花高洁、谦逊品格的赞美，同时也反映了诗人不随波逐流、坚守自我的情操。

舒岳祥

舒岳祥(1219—1298 年)，字舜侯，以旧字景薛行，宁海(今属浙江)人。舒岳祥因居于阆风里，被学者尊称为阆风先生。宋理宗宝祐四年(公元 1256 年)，他考中进士。其后，他曾代理定海知县一职，并在雷州担任掌书记，还曾先后加入金陵总饷陈蒙和沿海制置使鲍度的幕府。鲍度罢官后,舒岳祥也选择了归隐,不再涉仕,转而致力于田野间的教学与著书立说。元世祖大德二年,舒岳祥去世,享年八十岁。他的作品包括《荪墅稿》《辟地稿》及《篆畦稿》等,其诗文合集被总命名为《阆风集》,曾一度出版,但已失传。清代四库馆臣根据《永乐大典》重新辑录成《阆风集》十二卷,其中诗歌占九卷。关于舒岳祥的事迹,可参见清光绪年间《宁海县志》卷二十,其门人刘庄孙所写的《舒阆风先生行状》。

七月初四日赋紫薇花

蹙罗红线贤紧,镕蜡粉须黄。
野寺花开日,平畴稻熟香。
曾陪红药①省,相对紫微郎。
尚忆丝纶②合,新秋雨露凉。

注释

①红药:指芍药花。②丝纶:代指皇帝的诏书。

释义

紫薇花的花瓣如同紧绷的红丝线,花蕊的颜色像融化的蜡一样,呈现出柔和的黄色。在野外的寺庙里,花朵在阳光下绽放,田野上的稻谷已经成熟,散发出香气。曾经与芍药花相伴,现如今与紫薇相对。至今仍然记得过去起草诏书时的回忆,如同新秋的雨露般清凉。

鉴赏

诗人描绘了一幅丰收的场景,用细腻的比喻和描写展示了田野的成熟与花开的美丽。诗人还回忆了过去的情景,利用从芍药花到紫薇花的转变对比,暗示了时间的流逝。最后一句也表达了诗人对过去的追忆,同时也充满了对未来的期待。整首诗以自然景物为背景,通过细腻的描写表达了人与自然的交融与回忆的情感。

程公许

程公许(? —1251 年),字季与,一字希颖,号沧州。南宋眉州眉山(今属四川)人,也有说法称其为叙州宣化(今四川宜宾西北)人。他在嘉定年间考取进士，历任著作郎、起居郎，为官期间多次上书弹劾史嵩之。后来，程公许升为中书舍人，并进一步升至礼部侍郎之位，在此期间，他又对郑清之进行了弹劾。由于他频繁受到排挤，最终官职停留在代理刑部尚书的职位。程公许颇具文才，其作品《沧州尘缶编》至今仍有保存。

衢信道间见紫薇花

紫薇花自非凡品，何事栖极枳棘丛。

白发舍人羞见道，相逢那敢恨飘蓬①。

注释

①飘蓬：比喻人生漂泊。

释义

紫薇花并非平凡之物，为何会栖息在枳棘丛中呢？白发舍人羞于展现自己的道德修养，若有机缘相遇，又怎敢怨恨漂泊的生活？

鉴赏

这首诗通过紫薇花的形象，寄托了诗人对自身境遇的感慨和对生活的态度。紫薇花虽然生长在荆棘丛中，但其非凡的品性和美丽的花朵却并未因此减损。诗人以此自喻，表达了自己虽处逆境但仍保持高洁品格的决心。同时，诗人也通过“白发舍人羞见道”和“相逢那敢恨飘蓬”，表达了自己对人生境遇的坦然接受和对生活的积极态度。整首诗语言凝练，意境深远，既有对紫薇花的赞美之情，又有对自身境遇的感慨之意。诗人通过借物喻人的手法，将自己的情感与紫薇花的形象融为一体，使整首诗充满了深刻的哲理和浓郁的情感色彩。

嘲清德堂前紫薇花仍代答

襞积仙裾耀紫霞，西清两月擅芳华。

吒身尘土宁非误，何不西垣①侍判花。

注释

①西垣:唐宋时期,“西垣”也用来指代中书省,这里可能指更高雅的环境。

释义

紫薇花花瓣的颜色和形态如同天上的仙人的衣服,散发紫色的光芒,在这西边的清明之地,它独占芳华两个月之久。置身于尘土之中难道不是耽误吗?为何不侍立在西垣,成为判花的使者?

鉴赏

诗中描绘了紫薇花的美丽姿态,通过对紫薇形色以及境遇的描绘,寄托了诗人对美好事物的向往和对现实环境的感慨。诗人以紫薇花自拟,表达了诗人对紫薇花美丽与高贵品质的赞美,以及对高雅生活的追求,同时也隐含了对自身被埋没在尘世中的惋惜。整体上,这首诗寓言性强,富有哲理,体现了宋代理性主义的文学特色。

詹玉

詹玉(生卒年不详),字可大,号天游,古郢(今湖北)人。至元年间,他历任翰林应奉、集贤学士,曾是权臣桑哥的追随者。随着桑哥失势,詹玉亦遭到崔的弹劾而被免职(相关记载参见《元史·崔传》)。他著有一卷词集名为《天游词》,其中主要作品包括《齐天乐·送童瓮天兵后归杭》《汉宫春》《桂枝香》《多丽》《三姝媚》以及《渡江云》等。

桂枝香·紫薇花露

紫薇花露①,潇洒作凉云②,点商勾羽。字字飞仙,下笔一帘风雨。江亭月观今如许。叹飘零、墨香千古。夕阳芳草,落花流水,依然南浦③。

注释

①花露:花上的露水。②凉云:阴凉的云或给人带来凉意的云。③南浦:通常指南面的水边。后常用作一个离愁的意象,代表送别之地。

释义

紫薇花上的露珠,如同潇洒的凉云,点缀着商羽之音。字字如同飞升的天仙,下笔如同一帘风雨。江边的亭子和月下的观赏之地，如今依旧美丽。叹息那些随风飘零的紫薇花，它们如同墨香一般，流传千古。夕阳下草地芬芳，落花随着流水，依然落在南浦。

鉴赏

这首诗通过丰富的意象和细腻的描绘，展现了紫薇花的清新脱俗和诗人的情感。诗中“紫薇花露，潇洒作凉云，点商勾羽”以紫薇花上的露珠比喻潇洒的凉云，形象地描绘了紫薇花的清新和美丽。“字字飞仙，下笔一帘风雨”则表现了诗人下笔如有神，字字饱满有力，如同风雨中的仙人。“江亭月观今如许”传达了一种时空的流转感和对自然美景的赞美。“叹飘零、墨香千古”这一句表达了诗人对紫薇花的深刻感慨。紫薇花虽然美丽，但终究难逃凋零的命运，这里的“叹飘零”流露出诗人对生命无常、美好易逝的哀愁。“夕阳芳草，落花流水，依然南浦”则描绘了夕阳下的美丽景色，落花流水的意境，以及南边水岸的宁静。

整首诗通过对紫薇花的描绘，展现了诗人对自然美景的热爱和感叹，同时也反映了诗人内心的感慨和对美好生活的向往。

杨皇后

杨皇后（1162—1233年），宋宁宗的皇后，会稽人。其早年因容貌出众入宫，姓氏一度遗失，后有一人名为杨次山，自称其兄，她便随此人姓杨。后来她逐步升为贵妃，与曹美人一同深得恩宠。韩皇后去世后，大臣韩侂胄建议立曹美人为后，但宋宁宗未采纳。嘉泰二年，杨氏被册封为皇后。因对韩侂胄心怀恨意，她暗中指使杨次山与史弥远谋划诛杀韩侂胄。宁宗驾崩后，史弥远妄图废皇子赵竑，改立成国公赵昀为帝王，杨皇后虽感无奈，但仍旧按照史弥远的计谋，伪造诏书废黜赵竑，拥立赵昀登基，即宋理宗。随后，她被尊为皇太后，垂帘听政。次年撤帘。杨皇后逝世后被追封谥号“恭圣仁烈”。

宫词·阿姊携侬近紫薇

阿姊①携侬近紫薇，蕊官②承宠斗芳菲③。
绣帏④独自裁新锦⑤，怕见花开双蝶飞。

注释

①阿姊：姐姐，这里指宫中的女官。②蕊官：古代对女子的美称，这里指宫中的其他

宫女。③斗芳菲:指宫女们争相展示自己的美丽。④绣帏:指绣花帷幕,这里指宫中的居室。⑤新锦:指新织的锦缎。

释义

女官姐姐牵着我的手,靠近盛开的紫薇花。作为女官,我们争相展示自己的美丽,以获得君主的宠爱。我独自在绣花帷幕中裁剪新锦,这是我的工作。然而,我害怕看到花开时,蝴蝶在花间飞舞的景象。因为那会提醒我,宫中的其他宫女也在争宠,她们的美丽和魅力可能会吸引君主的注意。

鉴赏

这首诗是一首描绘宫女生活的诗歌,通过对宫女日常生活的描绘,展示了宫廷生活的复杂和悲凉。

首先,诗歌通过女官和宫女的互动,展现了宫中的人际关系。阿姊作为宫中的女官,承担着照顾和引导宫女的责任。她带着宫女靠近紫薇花,象征着她们之间的亲密关系和共同的生活情趣。同时,通过"蕊官承宠斗芳菲"的描绘,展示了宫女们之间的竞争关系,她们都希望得到君主的宠爱,以提升自己的地位和获得更多的赏赐。

其次,诗歌通过宫女的内心独白,展现了她的矛盾和挣扎。她独自在绣花帷幕中裁剪新锦,这是一项需要细心和耐心的工作。然而,她却害怕看到花开时蝴蝶在花间飞舞的景象。这并不是因为她不喜欢蝴蝶和花朵,而是因为这会让她想起宫中其他宫女争宠的情景。她不想参与这种竞争,但又无法避免。这种矛盾和挣扎反映了宫女内心的复杂情感和无法摆脱的困境。

最后,整首诗通过对宫女生活的描绘,揭示了宫廷生活的虚伪和残酷,宫女们为了得到宠爱和地位,不得不争相展示自己的美丽和才华,甚至不惜使用各种手段。

总之,这首诗通过细腻的描绘和深入的剖析,展现了宫女生活的真实面貌。它不仅揭示了宫廷生活的复杂和悲凉,也引发了人们对人性和命运的思考。这首诗的价值不仅在于它的艺术表现力,更在于它对历史和人性的深刻洞察。

陈　造

陈造(1133—1203 年),字唐卿,籍贯为高邮(现江苏境内)。他诞生于宋高宗绍兴三年,于孝宗淳熙二年(1175 年)考取进士,并以辞赋之才在文坛上享有盛誉。其著作《芹宫讲古》深入阐释经书大义,使他赢得了"淮南夫子"的美称。范成大读其诗文后,赞誉道:"若得遇欧阳修、苏轼这样的文学巨匠,其名声定不会亚于秦观。"尤袤与罗点对其诗词与杂著爱不释手。陈造曾任太平州繁昌区尉，后调任平江府教授，不久又出任明州定海知县，再任房州通判并代理知州事务。房州任期结束后，他转为浙西路安抚司参议，后又改任淮南西路安抚司参议。他自觉在州县幕府间辗转多年，未能对社会有所建树，认为置身江湖或许更为适宜，于是自号“江湖长翁”。宁宗嘉泰三年，陈造去世，享年七十一岁。

栖隐寺紫薇花二首·其一

深红浅紫碎罗装①，竹树阴中独自芳。
已伴白莲羞远供②，款陪③黄菊荐陶觞④。

注释

①碎罗装：意指紫薇花的外形像碎裂的罗衣，装饰精美。②羞远供：指因为地理位置偏远，难以被人们欣赏和供奉。③款陪：意为真诚地陪伴。④荐陶觞：向陶渊明致敬，意指诗人以饮酒赏菊的方式纪念陶渊明。

释义

深红浅紫的色彩装点着紫薇花，它们像碎裂的罗衣一样美丽。在竹树形成的阴凉中，紫薇花独自绽放出芬芳。它们已经与白色的莲花为伴，尽管地理位置偏远，却依然能展现出它们的美丽。它们真诚地陪伴着黄色的菊花，一同纪念伟大的诗人陶渊明。

鉴赏

这首《栖隐寺紫薇花二首·其一》是一首赞美紫薇花的诗歌，通过丰富的意象和生动的描绘，展现了紫薇花的美丽和独特。

首先，诗歌的开头“深红浅紫碎罗装”就为读者呈现出一幅鲜艳而美丽的紫薇花画面。深红浅紫的色彩装点着紫薇花，它们像碎裂的罗衣一样美丽。这里运用了比喻的修辞手法，将紫薇花的颜色比喻为碎裂的罗衣，既描绘出了紫薇花的颜色特点，又凸显了它们的美丽和精致。

接着，“竹树阴中独自芳”一句，描绘出紫薇花在竹树形成的阴影中独自绽放的景象。此处采用了将事物人格化的修辞方式，赋予紫薇花以人的情感和姿态，展现出它们独立自主、不畏环境艰苦的品质。同时，也表达了诗人对紫薇花坚韧不拔的精神的赞美。

然后，“已伴白莲羞远供”一句，通过描写紫薇花与白色的莲花相伴的场景，展现出紫薇花的清雅和纯洁。这里的“羞远供”采用了将事物赋予人的情感或特性的修辞手法，表达出紫薇花虽美，但因为地理位置偏远，难以被人们欣赏和供奉。这既是一种遗憾，也是一种赞美，赞美紫薇花不畏环境艰苦、不追求世俗名利的高尚品质。

最后，“款陪黄菊荐陶觞”一句，通过与黄色的菊花相伴，表达出紫薇花的谦逊和淡泊。这里的“款陪”和“荐陶觞”运用了拟人的修辞手法，展现出紫薇花与菊花之间的亲密关系，同时也表达了诗人对自然的热爱和对陶渊明诗酒人生的向往。

整首诗通过丰富的意象和生动的描绘，展现了紫薇花的美丽、独特和坚韧不拔的品质。同时，也表达了诗人对自然之美的热爱和对陶渊明诗酒人生的向往。诗歌的色彩和情感都非常丰富，给人留下深刻的印象。

栖隐寺紫薇花二首·其二

绛霞影里一徜徉①，甚欲搜诗与发扬。

马自虺聩②尘染袂，句中羞说紫微郎。

注释

①徜徉：徘徊，流连不去。②虺聩：污垢，污浊。

释义

在绛红色的云霞中我流连忘返，我非常想通过诗歌来描绘和赞美这美丽的紫薇花。我骑着马穿过尘土，衣袂被污垢染脏，言语中羞于提及那些紫微郎。

鉴赏

这首诗是宋代诗人陈造的佳作，诗中通过描绘绛霞映照下的紫薇花，表达了诗人对诗歌的热爱和对美好事物的追求。

诗的前两句“绛霞影里一徜徉，甚欲搜诗与发扬”，写出了诗人在绛霞映照下流连于紫薇花丛中的美好景象。诗人在此背景下，感受到诗歌的无限魅力，渴望通过诗歌来赞美和传扬这美丽的紫薇花。这种情感和追求，展现了诗人对诗歌的热爱和执着。

诗的后两句“马自虺聩尘染袂，句中羞说紫微郎”，则表达了诗人的谦逊和自省。这里，“马自虺聩”象征着诗人自身的才华，而“尘染袂”则暗示着诗人感到自己的才华被尘埃所遮掩，显得有些黯然失色。诗人自谦地认为，在面对这美丽的紫薇花时，自己的诗歌不足以表达出它的美好，因此感到羞愧。这种谦逊的态度，不仅体现了诗人的自省精神，也展现了诗人对诗歌艺术的敬畏之心。

整首诗通过描绘绛霞映照下的紫薇花，抒发了诗人对诗歌的热爱和对美好事物的追求。诗中的语言简练优美，意象丰富，情感真挚。在诗人的笔下，紫薇花的美妙与诗歌的力量相互交织，使得这首诗成了一幅美丽的画卷，展现了宋代诗歌艺术的独特魅力。

此外，这首诗也反映了宋代士人的审美观念和价值取向。在宋代，诗歌艺术得到了空前的发展和推崇。士人们通过诗歌来表达对自然、人生、社会的感悟和思考，追求内心的平静和美好。这首诗正是这种审美观念的体现，它不仅赞美了紫薇花的美丽，也表达了诗人对诗歌艺术的敬畏和追求。

总之，《栖隐寺紫薇花二首·其二》是一首充满美感和哲理的诗歌。它通过描绘绛霞映照下的紫薇花，表达了诗人对诗歌的深情厚爱及对美好事物的执着追求。同时，这首诗也反映了宋代士人的审美观念和价值取向，展现了中国古代诗歌艺术的独特魅力。

元日访丁端叔安抚二首·其二

节中①应接②可辞烦③，客子④回车重慨然。
比我过秦应一笑，想君出峡富千篇⑤。
前知此别非久别，定复新年胜故年。
红药紫薇方次第⑥，莫占风色问春田⑦。

注释

①节中：春节期间。②应接：应对，接应。这里指接待客人。③辞烦：避免麻烦，不厌其烦。④客子：离家在外的人。⑤富千篇：形容诗文丰富，篇目众多。⑥方次第：正在依次开放。⑦问春田：询问农事，这里指询问耕种之事。

释义

节日中应酬事情烦琐，做客的你又回来了，使我心情沉重。与我相比，你的过年一定更加欢乐，而我想你在出峡的时候一定写下了无数篇文章。之前的离别并非长久的离别，如今是新年，胜过了往年。红药和紫薇这些草药正按照次序采摘，不要去打听风的颜色，也不要询问春天的情况。

鉴赏

这是一首充满情感色彩的诗，诗中表达了诗人对离别、友情、时间和自然的深深感慨。

首联“节中应接可辞烦，客子回车重慨然”，诗人表达了在繁忙的节日应酬中，自己却要离开，不禁感慨万分。“客子回车”四字，充满了离别的苍凉与无奈。

颔联“比我过秦应一笑，想君出峡富千篇”，这里诗人用“过秦一笑”的典故，表达了对友人的宽慰和期望。同时，“出峡富千篇”又展示了友人才华横溢的形象，表达了对友人的赞美。

颈联“前知此别非久别，定复新年胜故年”，这一联中诗人对离别进行了深度的思考，他明白这次的离别并非永别，未来还有重逢的机会。而且，新的一年定会比过去的一年更好，这里也寓含了诗人对未来的乐观期待。

尾联“红药紫薇方次第，莫占风色问春田”，诗人在这里运用了生动的自然景象，以“红药紫薇”寓意生活的美好和丰富多彩，而“莫占风色问春田”则表达了不要因离别而影响了对生活的欣赏和享受。

总的来说，这首诗表达了诗人对离别的感慨，对友人的赞美和宽慰，对未来的乐观期待，以及对生活的深深热爱。诗人的情感深沉而细腻，语言生动而富有韵味，读来让人感同身受，倍感温馨和感动。

朱权

朱权（1155—1232年），字圣与，号默斋，休宁（今属安徽）人。孝宗淳熙十四年（1187年）进士，调连山县尉兼主簿。宁宗庆元五年（公元1199年），他担任会稽县丞一职。至开禧元年（公元1205年），转任监如皋市买纳盐场。嘉定七年（公元1214年），他出任馀干知县。到了嘉定十二年（公元1219年），他监管行在左藏东库，次年又担任省试中门官及御试对读之职。嘉定十四年（公元1221年），他监管行在都进奏院。十五年（公元1222年），他调任惠州知州。理宗宝庆元年（公元1225年），他主管绍兴府的千秋鸿禧观。绍定二年（公元1229年），他选择退休。绍定五年，他去世，享年七十八岁。他曾著有《默斋文集》二十卷，但现已失传。有关他的事迹可见于《洺水集》卷十一的《朱惠州行状》。

宫　词

自入长安帝子家，一年一见紫薇花。
花开花落年年事，不管愁人①鬓又华。

注释

①愁人：指宫女，她们长年累月被锁闭在深宫里，过着孤独、寂寞、愁苦的生活。

释义

自从进入西安皇宫中，每年只有一次与紫薇花相见的机会。花开花落，年复一年，宫女的青春年华在深宫中悄悄流逝，无情的岁月使她们的黑发渐渐变白。

鉴赏

这是一首描绘宫女哀怨生活的诗歌。诗人通过对紫薇花盛开和凋谢的描绘，暗示了宫女们青春的短暂和年华的易逝。同时，通过对宫女们孤独、寂寞、愁苦生活的描绘，表达了对她们的同情和对封建社会制度的批判。

首先，诗歌通过“自入长安帝子家，一年一见紫薇花”的描绘，展示了宫女们被限制在深宫中，与外界隔绝的生活状态。她们的自由被剥夺，只能在有限的时间里欣赏到紫薇花的美丽。这种限制和束缚，让人们感受到了宫女们生活的孤独和无奈。

其次，通过“花开花落年年事，不管愁人鬓又华”的描绘，诗人表达了对宫女们青春流逝的深深同情。花开花落，年复一年，宫女们的青春年华在深宫中悄悄流逝，无情的岁月使她们的黑发渐渐变白。这种对青春和年华的描绘，让人感受到宫女们的无助和悲哀。

此外，这首诗歌也揭示了封建社会制度的弊端。宫女们被剥夺了自由和幸福，生活在深宫之中，忍受着孤独和寂寞。这种制度的不合理和残酷，让人们对封建社会产生了深刻的反思。

总之，这首《宫词》通过细腻而生动的描绘，展示了宫女们被束缚的生活状态和青春的流逝，表达了对她们的同情和对封建社会制度的批判。同时，诗歌的语言优美、简洁、流畅，给人留下了深刻的印象。

倪翼周

倪翼周，字翼卿，号澹斋，罗源（今属福建）人。宁宗庆元五年（1199 年）特奏名。官潮州司法参军，因与知州议狱不合，挂冠归。卒年八十有余。

青玉案·薰风解尽吾民愠

薰风解尽吾民愠。正蓬渚[①]芳遍。昨夜商周生伊旦[②]。从来仁者，仲尼[③]称寿，更捧金杯劝。

我有诗词三百卷。待留取、频频献。且看明年秋欲半。紫薇花下，绿槐阴外，天语颁新宴。

注释

①蓬渚：蓬莱仙境，比喻良好的生活环境。②伊旦：即伊尹和周公旦的并称。伊尹是商朝的名臣，而周公旦则是周朝的重要政治家，两人在中国历史上都以贤能著称。③仲尼：孔子，本名丘，字仲尼，春秋末期杰出的思想家、政治家及教育家，被尊为儒家学派的开山鼻祖。

释义

温和的风吹散了我心中的烦恼。花香充满了四周。昨天夜里仿佛有商周的乐声在耳边响起，迎来新的开始。千年来心怀仁爱的孔子得以享尽寿，而珍贵的金杯频频涌现劝一杯。我有三百卷的诗词，等待着隽永留存，时常奉上。让我们期待明年秋天将近一半的时候。在紫薇花下，在绿槐的阴影之外，皇帝的旨意下达，举办新的宴席。

鉴赏

《青玉案·薰风解尽吾民愠》通过描绘自然景物、历史人物和自身作品来表达作者对生活和文化的感悟，并通过这些象征与比喻将自己的情感与希望传递给读者。诗中运用了丰富的意象和隐喻，以表现作者内心的世界及对人生的思考。通过薰风解尽愠恼、蓬渚芳遍等描绘自然景物的词句，配以商周之音和仲尼称寿的描述，传达了世界万物的繁荣与美好。而对三百卷诗词的自豪和期望，则体现了作者对自己才华和创作的自信与渴望。最后的紫薇花下、绿槐阴外、天语颁新宴，预示着新的开始和新的希望，也同时传递出作者对未来的期望与向往。整首诗抒发了作者对美好生活的追求和对文化艺术的热爱，同时也展现出他对自我辩证和自我提升的思考和努力。

洪咨夔

洪咨夔（生卒年份不详），字舜俞，别号平斋，出身于临安府於潜（今浙江临安），中国南宋文学家、诗人。洪咨夔于宁宗嘉泰二年（1202 年）中进士，授如皋簿。开禧元年（1205 年），调饶州教授。嘉定七年（1214 年），应博学宏词科，虽未得中，然有司奇其文。遂入淮东崔与之幕府，拜其门下。嘉定十三年（1220 年），崔与之荐举其为成都府通判。理宗继位后，洪咨夔受命出任秘书郎。至宝庆元年（1225 年），他先升任金部员外郎，后又转任考功员外郎。后因洪咨夔触犯丞相史弥远，遂罢官九年，读书天目山下。绍定四年（1231 年），复起元官，仍监祠里居。绍定六年（1233 年），始除礼部郎官，又除监察御史。次年，擢殿中侍御史，再擢为中书舍人，寻兼权吏部侍郎、同修国史。是年，因染口疾而上疏乞祠，理宗勉留之。历任吏部侍郎兼给事中、侍读等职。后因病请求归里，遂任命其为端明殿学士，提举万寿观，不久逝世。洪咨夔深研经史，驰骛艺文。其长于制诰，典丽该洽，风骨颀秀，被称为南渡后之大手笔。洪咨夔撰有《春秋说》30卷、《两汉诏令》30卷、《两汉诏令擘抄》100卷等。今存《平斋文集》30卷，《平斋词》1卷。

直玉堂作

禁门深锁寂无哗，浓墨淋漓两相麻。
唱彻五更天未晓，一墀①月浸紫薇花。

注释

①墀：台阶上的空地。

释义

夜深人静之时，皇宫大门紧闭，守卫森严，我蘸取浓墨，挥毫书写，转瞬之间便完成了两道任命丞相的诏令。此时，宫中报时的太监已击过五更鼓，但天际仍未破晓，月光如水，洒满了阶前绽放的紫薇花。

鉴赏

"禁门深锁寂无哗"描绘了宫门深锁、寂静无声的景象，传达了宫中深邃莫测和肃静的氛围。"深"字不仅凸显了皇宫的深邃，也暗示了宫门的重重防护，强调了诗人所在的一个寂静空间。"浓墨淋漓两相麻"形象地描述了诗人在起草诏书时的情景。诗人用"浓墨淋漓"来形容自己挥毫泼墨、酣畅淋漓地书写诏书，展现了诗人的自信与从容。"唱彻五更天未晓"描绘了五更时分，天色尚未破晓，宫中报晓的声音已经响起。不仅反映了时间的流逝，也暗示了诗人工作的通宵达旦，体现了他对职责的忠诚和敬业精神。"一墀月浸紫薇花"以月光映照紫薇花的意象作为结尾，营造了一幅宁静而美丽的画面。紫薇花不仅是夏季开花的植物，而且在这里还暗用了唐开元元年改中书省为紫微省的典故，增添了诗句的文化内涵和历史厚重感。

整首诗通过对宫中环境的描绘和对诗人工作状态的刻画，传达了一种庄重、宁静而又充满文化气息的氛围。诗人的才华、敬业和对文化的尊重在短短四句中得到了充分的体现。通过这首诗，我们可以感受到宋代文人的风雅和对职责的认真态度。

许及之

许及之(1141—1209年),字深甫,原籍温州永嘉(今浙江温州)。他在孝宗隆兴元年(1163年)成功考取进士。起初,他被任命为袁州分宜县(今江西境内)的知县,后历任宗正簿,并晋升为右拾遗。他曾参与弹劾宰相王淮苟且偷安而误国,导致王淮最终被罢免。绍熙初年(1190—1194年),他作为使者出使金国,归国后升任礼部侍郎。宁宗登基后,他再次获得晋升,担任吏部尚书兼给事中。在赵汝愚与韩侂胄的权力斗争中,他成为韩氏集团的重要成员,并一度升任知枢密院事兼参知政事(即副宰相)。开禧年间北伐时,朝廷命他镇守建康,但他推辞不就,因此被降职。后来,当韩侂胄被史弥远集团暗杀后,他再次遭到贬谪,被编管于泉州,最终在那里去世。许及之生平善诗,著有《涉斋集》等书。

直舍紫薇花身可以题字因作一绝书其上

赤立①严霜如槁木②,烂开炎日似红霞。
耐寒耐暑真能事,岂是人间怕痒花。

注释

①赤立:形容紫薇花在秋天里独立开放的状态。②槁木:枯干的树木。

释义

直舍前的紫薇花静静地站立,在严霜中犹如枯木般坚韧,在炎炎烈日下犹如红霞般艳丽。这耐寒又耐暑的真本领,绝非普通的花朵所能比拟。

鉴赏

这首诗是一首赞美紫薇花的诗,通过描绘紫薇花在不同季节的表现,展现出其坚韧、艳丽的特性,以及它对环境的适应性。

首先,诗人通过"赤立严霜如槁木,烂开炎日似红霞"两句,描绘出紫薇花在冬和夏中的不同景象。在严霜中,紫薇花如同干枯的木头一样挺立;而在炎热的夏日里,它如火如荼地盛开,艳丽如霞,充满生机。这两句诗通过比喻和对比的手法,表现出紫薇花的坚韧和艳丽特性。

接着,诗人又通过"耐寒耐暑真能事,岂是人间怕痒花"两句,进一步赞美紫薇花的耐寒耐暑能力。诗人用"真能事"来赞扬紫薇花的这一特性,并与那些经不起考验的花朵进行对比，强调了紫薇花的优越性。

整首诗的语言简练、生动，通过比喻、对比等手法表现紫薇花的特性。同时，这首诗也蕴含着一种人生哲理：只有像紫薇花一样坚韧、适应性强的人，才能在人生的道路上克服各种困难和挑战。

总之，这是一首赞美紫薇花的诗歌，通过生动的描绘和富有哲理的寓意，表现出紫薇花的特性和人生哲理。

紫薇花

手植盘洲圃，心怀西掖垣①。

至今花萼上，雨露②有深恩。

注释

①西掖垣：代指中书省。②雨露：比喻恩泽。

释义

我亲手在园圃中种植了紫薇，心中却怀有做官的理想。至今，紫薇的花萼上，还留有皇帝雨露般的深恩。

鉴赏

诗中通过“手植盘洲圃，心怀西掖垣”两句，展现了诗人对紫薇花的深厚情感。诗人在园中亲手种植了紫薇花，这表明他对紫薇花的喜爱和珍视。同时也暗含了诗人心中怀有在“西掖垣”做官的理想，这里的“西掖垣”是指中书省，是宋代最高行政机构之一。诗人以紫薇花自喻，表达了自己对政治理想的追求和渴望。

“至今花萼上，雨露有深恩”两句，则是对紫薇花的赞美和对皇帝的感恩之情。紫薇花的萼片上仍然承载着雨露，象征着皇恩浩荡。诗人借此表达了自己对皇帝的感恩之情，同时也暗示自己作为臣子应该尽忠职守，为皇帝效力。

整首诗通过对紫薇花的描绘和赞美，展现了诗人高尚的品质和情操，同时也表达了诗人对皇帝的忠诚和对政治理想的追求。在艺术表现上，诗人运用了生动的比喻和形象的描绘，使诗歌语言优美、形象生动、意蕴深远。这首诗是一首既具有思想性又具有艺术性的优秀诗歌，值得人们品味和欣赏。

杨万里

杨万里(1127—1206年),字廷秀,别号诚斋,又自称诚斋野客,原籍吉州吉水(今江西省吉水县黄桥镇湴塘村)。他是南宋时期的文学家及官员,与陆游、尤袤、范成大共同被誉为南宋"中兴四大诗人"。

杨万里早年曾频繁求学于多位师长。绍兴二十四年(1154年),他成功考中进士,并被任命为赣州司户参军。此后,他历任国子监博士、漳州知州、吏部员外郎及秘书监等职务。在朝中,杨万里坚定地支持主战立场。绍熙元年(1190年),他担任焕章阁学士,并作为接待金朝贺正旦使的伴使。后来,他出任江东转运副使,反对在江南各郡流通铁钱,改任赣州知州,但他并未赴任,而是请求辞官归隐,从此过着闲居乡野的生活。开禧二年(1206年),杨万里在家中去世,被追赠谥号"文节"。他的诗歌独树一帜,形成了对后世影响深远的诚斋体。他最初学习江西诗派,后来转而学习陈师道的五言律诗和王安石的七言绝句,同时也借鉴了晚唐诗的风格。其代表作有《插秧歌》《竹枝词》《小池》以及《初入淮河四绝句》等。

凝露堂前紫薇花两株,每自五月盛开九月乃衰二首其一

晴霞艳艳覆檐牙①,绛雪飞飞点砌沙。
莫管身非香案吏②,也移床对紫薇花。

注释

①檐牙:屋檐翘起,像牙齿一样排列整齐。②香案吏:指在宫中负责供奉香火的官员。这里指诗人自谦卑微的身份。

释义

在晴朗的夏日,紫薇花像艳丽的晚霞覆盖在屋檐下,红色的花朵纷纷扬扬地飘落在台阶上,如同一层薄薄的红色沙石。尽管我并非宫中的香案吏,无法供奉于庙堂之上,但我仍然愿意将床铺移到紫薇花前,以便更好地欣赏它的美丽。

鉴赏

这首诗通过描绘紫薇花的美丽和花期之长,深情地表达了诗人对大自然美景的热爱与颂扬。在第一句中,诗人用"晴霞艳艳"来形容紫薇花的色彩艳丽,给人一种强烈的

视觉冲击力，使人仿佛置身于一片美丽的晚霞之中。接着，诗人用“点砌沙”来形容紫薇花点缀在台阶上的景象，形象生动，富有想象力。第三句中，诗人自谦卑微的身份，表达了自己对紫薇花的喜爱和敬仰之情。最后一句中，诗人愿意将床铺移到紫薇花前，以便更好地欣赏它，进一步强调了自己对紫薇花的痴迷和热爱。

此外，这首诗的意境深远，给人留下深刻的印象。紫薇花的花期之长，美丽之持久，让人感受到生命的无限可能和自然之美的永恒。同时，这首诗也表达了诗人对自然的敬畏和崇尚之情，表现了一种人与自然和谐共生的美好愿景。这首诗通过对紫薇花的描绘和赞美，传达了诗人对自然之美的热爱和敬畏之情，同时也唤起了人们对自然之美的向往和追求。

凝露堂前紫薇花两株，每自五月盛开九月乃衰二首其二

似痴如醉弱还佳，露压风欺分外斜。
谁道花无百日红，紫薇长放半年花。

释义

像是痴迷又像是陶醉，紫薇花虽柔弱却别有一番韵味。露水压在花瓣上，风吹得花朵倾斜，更显得它娇弱。谁说红花不可能鲜艳百日？紫薇花却能绽放半年之久。

鉴赏

“似痴如醉弱还佳，露压风欺分外斜”此句描绘了紫薇花在盛开至极而渐入凋零之际的神态。其中，“如痴似醉”刻画了其盛开时的极致绚烂，而即便在逐渐转弱之时，紫薇花依然保持着一种独特的风韵，不失为佳丽。“露压风欺分外斜”则展现了紫薇花在风雨侵袭下的坚韧与不屈，枝条虽倾斜，却更添一份柔弱之美，与往昔繁花满枝的景象相比，别有一番风味。末句评论道：“谁道花无百日红，紫薇长放半年花”，紫薇花自五月盛开，花朵更迭不断，花期绵延长达近半年之久，故有此称。这在花卉中实属罕见，每一朵花的绽放与凋零，都在为整体花期的延长贡献力量。这首诗细腻地描绘了紫薇花的娇弱与持久之美，令人赞叹不已。整首诗语言简练，意境深远，给人留下深刻的印象。诗人通过对紫薇花的描绘和赞美，表达了自己对自然之美的热爱和敬畏之情，同时也唤起了人们对自然之美的向往和追求。

陆 游

陆游(1125—1210年),字务观,号放翁,籍贯越州山阴(今浙江省绍兴市)。他是南宋时期的文学家、史学家及爱国诗人,为尚书右丞陆佃的后裔。陆游诞生于北宋覆灭之际,自幼便深受家族爱国精神的熏陶。在宋高宗时期,他参加了礼部考试,但因秦桧的排挤而仕途受阻。宋孝宗登基后,赐予他进士身份,后历任福州宁德市主簿、敕令所删定官及隆兴府通判等职。然而,由于他坚持抗金的立场,遭到了主和派的排挤。乾道七年(1171年),陆游应四川宣抚使王炎之邀,投身军旅,在南郑幕府任职。次年,幕府解散,他奉诏前往蜀地,并与范成大建立了深厚的友谊。宋光宗继位后,陆游升任礼部郎中兼实录院检讨官,但不久便因被指责"嘲咏风月"而被罢官,回归故里。嘉泰二年(1202年),宋宁宗召陆游入京,让他主持编修孝宗、光宗的《两朝实录》及《三朝史》,并官至宝章阁待制。书籍编纂完成后,陆游长期在山阴隐居。嘉定三年(1210年),陆游离世,享年八十五岁,留下了绝笔之作《示儿》。陆游一生致力于文学创作,诗词文均有卓越成就,其诗歌语言平易近人、结构严谨,兼具李白的豪放与杜甫的深沉,尤其是他饱含的爱国情感,对后世产生了深远的影响。

听事前紫薇花二本甚盛戏题绝句

红药紫薇西省①春,从来惟惯对词臣。
问囚②自是麤官③分,无奈名花解笑人。

注释

①西省:即中书省。②问囚:审问犯人。③麤官:低级官员的自称。

释义

在处理政事的厅堂前,芍药与紫薇花盛开得异常艳丽。在中书省的春光里,从来都只习惯与文学之士相伴。审问囚犯本来是我的职责,无奈的是,名花却笑话我这个低级官员。

鉴赏

诗词以"听事前紫薇花二本甚盛"为背景,展现出紫薇花的美丽和繁盛。在唐代,中书省是重要的政治机构,而紫薇花作为宫中的花卉,具有特殊的象征意义。诗人通过描绘紫薇花的盛开，暗示了自己身居要职，感受到了春日的温暖和希望。

在诗的开端，诗人以中书省殿前的紫薇和芍药为引，“从来惟惯对词臣”表面是描写长期栽植的紫薇和芍药见证了来来往往的朝臣学士，实则在暗喻官场的浮沉，唯一不变的是殿前的花木。

在接下来的两句中，“问囚自是黀官分，无奈名花解笑人”，诗人表达了自己身为低级官员的无奈和自嘲。审案断狱等公务是他的职责，但面对名花却感到自己像是在被嘲笑。这种情感表达方式既幽默又含蓄，展现了诗人的机智和敏锐的观察力。

整首诗语言简练、意境深远，通过描绘紫薇花的盛开和抒发个人情感，展现了诗人对生活的热爱和对文学的追求。同时，诗歌也表达了诗人对低级官员身份的无奈和对文学之士的怀念之情，情感真挚、感人至深。

紫　　薇

钟鼓楼前官样花①，谁令流落到天涯？
少年妄想今除尽，但爱清樽②浸晚霞。

注释

①官样花：指紫薇花。②清樽：清酒，樽是古代的一种酒器。

释义

在钟鼓楼前有一株美丽的紫薇花，但不知为何被风吹落到了遥远的地方。年少时不切实际的梦想已经消逝，只喜欢在晚上饮酒赏霞。

鉴赏

这首诗以紫薇花为载体，抒发了诗人的情感和人生观。唐代中书省的官员又被称为紫微郎，由于谐音的缘故，诗人们就对紫薇花有了一种特殊的情感，白居易和杜牧都曾赋诗对其进行赞美。本诗中诗人以“官样花”代指紫薇。然而，诗中的“谁令流落到天涯”表达了一种惋惜和遗憾的情感，暗示了紫薇花的流落和失去依托的命运。这可以理解为诗人对失去权位或地位的感慨，或者对美好事物被时代变迁所摧残的无奈。

接下来，“少年妄想今除尽”可以理解为诗人对现实的清醒认识和对过去的反思。他意识到，随着岁月的流逝，青春时期的梦想与幻想已逐渐淡出，现实中的种种困境和挑战让他不得不放下不切实际的幻想。

然而，在最后一句“但爱清樽浸晚霞”中，诗人抒发了对佳酿与夕阳美景的钟爱之情。

这表明他仍然保持着对美好事物的欣赏和追求，尽管他已放弃了年少时的梦想。这种情感流露彰显了诗人对生活的热情及对美好事物的向往，同时也传达了一种超脱和豁达的人生态度。

总的来说，这首诗通过紫薇花的描绘和象征，反映了诗人对人生和现实的思考。它表达了一种对美好事物消逝的惋惜，对往昔的回顾与省思，对当前生活的接纳，以及对美好事物的珍视与追求。这种情感和思考的交织，使这首诗具有深刻的人生哲理和情感内涵。

林希逸

原籍福州福清，字肃翁，别号竹溪、庸斋。他于理宗端平二年（公元 1235 年）成功考取进士。他不仅擅长绘画与书法，还精通诗歌创作。在淳祐年间，他担任了秘书省正字一职。到了景定年间，他又晋升为司农少卿。其仕途的最终职位是中书舍人。他留下了多部著作，包括《易讲》《考工记解》以及诗文集《竹溪稿》和《庸斋续集》等。

莆田陈尉新作二轩于其廨舍寄题二首（其一）紫薇轩

双松厅①上念先差，晚节渔翁谩叹嗟②。

试问归摩青玉笋③，何如坐对紫薇花。

注释

①双松厅：厅堂名。②谩叹嗟：空自叹息。③青玉笋：青玉制成的笔架，这里代指陈尉曾经用过的物品。

释义

在双松厅上怀念先前的差事，晚年的陈尉空自叹息。试问在离开之后是否还能摩挲青玉笋，又如何能比得上坐在紫薇花前？

鉴赏

这首诗是赞美陈尉新建的紫薇轩，并表达了对过去时光的怀念和感慨。

诗人在双松厅上怀念先前的差事，表达了对过去时光的怀念。晚年的陈尉空自叹息，体现出对过去的遗憾和感慨。这种情感表达也反映出诗人对人生的反思和思考。

诗人通过比较“归摩青玉笋”和“坐对紫薇花”，表达了对紫薇轩的赞美之情。青玉笋是陈尉曾经用过的物品，代表了过去的时光和经历。而紫薇花则是新轩的象征，代表了新生和希望。诗人认为坐在紫薇花前比回去摩挲青玉笋更加美好，这不仅是对紫薇轩的赞美，也是对未来的美好期许。

这首诗通过对紫薇轩的描绘和赞美，表达了诗人对美好事物的欣赏和追求。同时，通过对过去时光的怀念和感慨，体现了诗人对人生的思考和反思。

方岳

方岳（1199—1262 年），字巨山，别号秋崖，原籍祁门（现属安徽省）。他是南宋时期的著名诗人与词人。方岳于绍定五年（1232 年）成功考中进士，后历任滁州教授、淮东安抚司干官等职位。在淳祐年间，他曾任工部郎官，并充任赵葵淮南幕府中的参议官。之后，他调任南康军知军，但因得罪湖广总领贾似道而被调任邵武军。后来，他又出任袁州知州，但因触怒权贵丁大全而被弹劾免职。虽然之后他曾被重新起用为抚州知州，但因与贾似道有旧怨而再次失去任命。方岳为人正直，学识渊博，选择隐居不仕，以诗才闻名于世。景定三年（1262 年），方岳去世。方岳的政论文流畅且见解独到，如《轮对第一札子》中，他尖锐地指出当时“部分重臣多避嫌少参政，共渡难关之意浅而计较私利之心重”，这一观点得到了洪焱祖的高度赞誉。在淮南任职期间，他撰写的《与赵端明书》直率地批评了赵葵治军的失误。方岳的诗歌创作起初受江西诗派影响，后来受到杨万里和范成大的熏陶，形成了疏朗淡泊、语言清新的风格，他不喜用艰涩的词汇，而善于运用故事成语创作新巧的对偶。他的词作则慷慨激昂，具有散文化倾向，并善于将经史语言融入词中，风格接近辛弃疾一派。他的著作有《山中》《秋崖小稿》等。

沁园春·和赵司户红药

把酒问花，茧栗[1]稍头，春今几何，笑身居近侍，翻阶万玉，面匀菩萨，髻拥千螺，一一牙签[2]，英英碧字，占定花间甲乙科，归来也，傍紫薇吟处，揉作阳和。

祇今花事无多，看几许风烟付与他，待围将翡翠，怕蜂粘粉，织成云锦，遣凤衔梭，谁翦并刀，赠之燕玉，莫负双娥娇溜波，花应道，尽花强人面，底用能歌。

注释

①茧栗：初生的牛角或牛犊的角，形状如茧如栗，逐渐衍生为形容植物幼芽或花蕾的形态。②牙签：是指象牙或其他骨质制作的签牌，常用来系在卷轴书上作为标识以便翻检，或插到线装书边的锁孔中固定纸张。

释义

举杯向花儿询问，新芽尖上，春天还有多少时日。笑我身为近臣，见过阶前如堆积万颗美玉，面容如菩萨般的人，发髻如千堆螺纹。一片片的书签写满了字迹，预示着科举的排名。归来后，在紫薇花旁吟咏，将它们揉入温暖的氛围中。

现今没有多少花朵，没有多少景色可以供人观赏，期待用翡翠围成花环，却怕蜜蜂沾染花粉，编织成云锦般的美景，让凤凰来穿梭其间，谁会裁剪，将它赠予美女，不要辜负了双眸流转的娇媚。花儿或许会说，即使再美，也比不上人的面庞，何须歌唱呢？

鉴赏

“把酒问花，茧栗梢头，春今几何”描绘了诗人在春日里举杯问候花朵，询问现在春天的景象如何。“笑身居近侍，阶翻万玉，面丐菩萨，髻拥千螺”，诗人作为天子近臣，曾见过梯上的宝石和佛像，以及发髻上的珠宝。“一一牙签，英英碧字，占定花玉甲乙科”，作者细心地观察着周围的事物，用牙签挑出花儿间的细节，并记录下来。“归来也，傍紫薇吟处，揉作阳和”，回到家中后，作者在紫薇花旁边吟诵自己的感受，然后将这些感受编织成了一篇温暖的文字。“祗今花事无多”，作者意识到花的美好是短暂的，很快就会消逝。“看几许风烟付与他”，表达了诗人希望将自己所见的美好分享给他人。“待围将翡翠，怕蜂粘粉，织成云锦，遣凤衔梭”，诗人希望留住美好的事物和景象，如将翡翠编织成云锦，并让凤凰传递这些美丽的艺术品。“谁翦并刀，赠之燕玉，莫负双娥娇溜波”，作者期望真正欣赏这些美好的事物，并将它们珍藏起来，不要辜负它们的价值。“花应道，尽花强人面，底用能歌”，花儿是最好的见证者，因为它们可以看到人们内心深处最真实的感受。如果人们能够真正地感受到美好事物的存在并表达出来，那么就能发挥音乐的力量来传播这些美好。

这首诗词表达了作者对春天的思念和对花朵的赞美。通过描绘花间的景色和花朵的特点，表达了作者内心的情感和对美的追求。诗中运用了丰富的想象和修辞手法，以细腻的语言描绘出花朵的娇美和春天的气息，给人以美好的感受和艺术享受。整首诗词旋律优美，意境清新，展现了宋代文人对自然美的热爱和追求。

马廷鸾

马廷鸾(1222—1289 年),字翔仲,号碧悟,出生于宋饶州乐平(今江西乐平市众埠乡楼前村)。他在幼年时期便失去了父亲,家境贫寒,但志向坚定,勤奋读书。淳祐七年(1247 年),马廷鸾前往京城参加乙未科省试,荣获进士第一名,殿试则位列第四,从而声名鹊起。他一生致力于政务,深爱百姓,性格正直,从地方官员一步步升至宰相的高位。然而,遗憾的是,南宋朝廷被权臣所操控,使得他无法完全施展自己的才华。在度宗朝,奸臣贾似道和丁大全掌控朝政,对持有不同政见的人进行打压,马廷鸾因受到他们的排挤,在内忧外患的压力下,含恨引退。当宋朝灭亡后,马廷鸾坚决拒绝与元政权合作,展现出了高尚的民族气节。著有《求菖蒲于李叔翔》《奉谢龙山使君》《题王氏琴清堂》等。

山中对紫薇花书感

轻盈插向胆瓶中,看到山林禁御同。
阁下天葩秋月黯,楼头奎画[1]晓云空。
高攀玉树扶斑白,静扫苍苔拾堕红。
三十年前天上梦,老来无泪洒西风。

注释

①奎画:帝王墨迹。

释义

将纤细的紫薇花折下插到花瓶里面,看到山林中紫薇花开的景象和宫廷内相同。天空中的秋月被这些花朵的美丽所黯淡,而楼顶上的云彩也逐渐消散。攀爬着高耸的玉树,拨开白色的花朵,静静地扫除着苍苔,捡拾着凋落的花瓣。三十年前梦想着飞上天空。如今已经年老,却再也没有泪水可以洒落,只能默默地面对西风的吹拂。

鉴赏

这首诗描绘了诗人在山中独居的情景,通过对紫薇花的书写表达了自己对于时光流转和个人情感的深刻体悟。诗中采用了多种意象和比喻,以展现诗人的心境。

“轻盈插向胆瓶中,看到山林禁御同”,这里用“轻盈”形容紫薇花的纤细,也隐含着词人微妙的情感。将花插入胆瓶,不仅是对自然之美的一种保存,更象征着对过往记忆的珍视。

“阁下天葩秋月黯，楼头奎画晓云空”这两句通过描绘夜晚的静寂与清晨的云烟，展示了词人在山中对时间流逝的感受。秋月黯淡，反映出一种淡然和孤独；而“楼头奎画晓云空”则是对天际线上云彩变幻的一种描绘，也象征着词人的心境随时光而变化。

“高攀玉树扶斑白，静扫苍苔拾堕红”，这里的“高攀玉树”和“扶斑白”表现了词人对自然之美的追求和向往。而“静扫苍苔拾堕红”则是对于生命中的点滴温馨记忆进行回味的动作，体现出一种淡然与自适。

“三十年前天上梦，老来无泪洒西风”，词人通过对往昔岁月的回顾，表达了对于时光易逝和个人情感的无奈。三十年前的“天上梦”可能是指某种美好的愿望或幻想，而“老来无泪洒西风”则表现出词人在暮年对过往的回忆，虽然心中有千言万语，但却已无法再流下泪水，只能任凭西风带走这份哀愁。

整首诗通过对自然景物的细腻描绘和个人情感的深刻表达，展现了词人在山中独居时对于时间流逝、回忆过去的感想。

陈景沂

陈景沂(生卒年不详)，有说法称其名咏，字景沂，号愚一子、肥遁子。关于其籍贯，经考证后认为应属宋时的台州(今浙江省境内)，而《四库全书总目》记载为天台，民国《台州府志》则记为泾岙(今温岭市晋岙村)。在理宗宝祐年间(1253—1258年)，他重新编纂了《全芳备祖》一书，并呈献给朝廷，同时邀请他人为之作序，以期能够出版。纵观他的一生，他更像是一位江湖游子，没有科举或仕途的记录，一生都以平民身份度过，大部分时间都在江淮、湘赣、浙闽等地游历、寄居。目前，他唯一留存的作品是《全芳备祖》，其中也收录了他自己的一些诗词和短文。

点绛唇·今古凡花

今古凡花，词人尚作词称庆，紫薇名盛，似得花之圣。

为底时人，一曲希流咏，花端正，花无节病，似亦归之命。

释义

古往今来的花卉，文人墨客都写诗词称赞歌颂，紫薇的名声之盛，就像花卉中的圣人。尽管大家都在称赞紫薇，但是能真正描写紫薇的风姿的却不多，即便如此，但紫薇花不受影响坚守自我，接受这样的命运安排。

鉴赏

通过对紫薇花的描绘，表达了对紫薇花独特地位和命运的感慨。“今古凡花，词人尚作词称庆”，反映出紫薇花在文学中的崇高地位，被词人们赞美。“紫薇名盛。似得花之圣”，进一步强调了紫薇花的名声显赫，仿佛拥有花中圣洁的品质。

然而，“为底时人，一曲稀流咏”，揭示出尽管紫薇花备受推崇，但真正能深入吟咏其风姿的人却不多，暗示了人们对美好事物的忽视或冷漠。“花端正。花无郎病。病亦归之命”，以花无病痛来象征紫薇花的纯洁，而“病亦归之命”则寓言般地表达了即使遭遇冷遇，紫薇花也能坚守自我，接受命运的安排。

整体来看，这首词通过紫薇花的意象，寓言式地探讨了美与被欣赏的关系，以及个体在社会中的定位，具有一定的哲理意味。

赵必象

赵必象（1245—1294 年），字玉渊，籍贯东莞，享年五十岁。咸淳元年（公元 1265 年），他与父亲赵崇一同考中进士。起初，他担任高要尉一职，并代理四会县令，后来转任南康丞。当文天祥在惠州开设幕府时，他受邀担任了惠州的军事判官。元朝建立后，赵必象选择隐居在温塘村。他擅长诗歌创作，诗风清新有力。他的作品包括《复瓿集》六卷，其中诗歌两卷、词作一卷、杂文两卷以及附录一卷，这些作品都被《四库总目》收录并流传至今。

吟社递至诗卷足十四韵以答之为梅水村发也·紫薇号舍人

紫薇号舍人，红荔名郎官。
梅花隐君子，未可一样观。

释义

紫薇花号称舍人，红荔又名郎官，而梅花是花中的隐士君子，怎么能放在一起观赏呢？

鉴赏

诗的首句通过描写紫薇和红荔两种代表官场的入世花卉用以暗喻世人对权力的追捧，随后又描写梅花“隐君子”，“未可一样观”来表达对梅花的喜爱之情，诗人借梅花来表达自己清高的志向。

第二章习题

第二章习题答案

第三章

元

龚璛

龚璛年轻时曾被徐琬招至幕府中任职，后来担任了和靖书院与学道书院的山长。他以浙江儒学副提举的身份退休。他与戴表元、仇远等人交往密切，友情深厚。他精通诗文创作，擅长书法，其作品体现了晋唐时期的法度。他著有《存悔斋集》一卷及其补遗一卷，详细的小传可见于《苏州府志》。他的传世书法作品包括《宣城诗并识卷》以及对《黄庭坚寒山子庞居士诗卷》的跋文。

和张仲宽紫薇花

焚和孰胜火，避暑受清阴。
文书静不忙，紫薇相伴吟。
物态皮肤尽，炎威颜色深。
下厅日方永，初开映烦襟。
可怜再三开，盛衰惊客心。
结实难为期，采香空自寻。
虚名似西山，疗饥匪斯今。
一搔望麻姑，犹为忍隽禁。
醉眼纷已缬，凉飙吹众林。

第三章彩图

释义

紫薇花开得像火一样红，在炎热的夏天里，它就是一个避暑的好地方。工作暂时不忙，我可以和紫薇花一起吟诗作对，它的姿态很轻盈，花瓣的颜色很清晰。在烈日下，它的颜色变得更加深邃，夏天的日子才刚刚开始，时间还很长。但是，花朵已经开始绽放，让我感到有些心烦意乱。可怜的是，紫薇花会多次开放和凋谢，这种盛衰的变化让我感到惊讶。结出果实是非常难以预测的，寻找花香也只是徒劳无功。虚名就像西山一样空洞无物，不能满足我的需求。我搔首期盼，想象着麻姑的出现，禁不住笑出声来。醉眼蒙眬中，我观察这个世界，凉风吹过树林，带走了夏日的炎热。

鉴赏

这首诗是一首描绘紫薇花的诗歌，通过生动的语言和形象的比喻，展现出紫薇花的美丽和诗人的情感。诗人运用丰富的比喻手法，将紫薇花描绘得生动形象。如"焚和孰胜火"，形容紫薇花的红艳如火。"下厅日方永，初开映烦襟"，则表达了紫薇花在夏日中的清凉之感。这些比喻不仅描绘出紫薇花的美丽，同时也传达出诗人的情感。诗人通过对紫薇花生长过程的描绘，表现出对生命变化的感慨。"可怜再三开，盛衰惊客心"，诗人感叹紫薇花再三开放和凋谢的变化，表达出对生命盛衰的感慨。这种感慨不仅是对紫薇花的描绘，也是对生命的思考和感悟。诗人还通过对紫薇花香气的描绘，表现出对美好事物的追求。"采香空自寻"，诗人独自寻找紫薇花的香气，表达出对美好事物的向往和追求。这种追求不仅是对美好事物的欣赏，也是对生活的热爱和向往。诗人通过对醉眼观察到的世界的描绘，表现出对生活的思考和反思。"醉眼纷已缬，凉飙吹众林"，诗人醉眼蒙眬中观察世界，感受到凉风吹过树林的清新。这种感受不仅是对自然的描绘，也是对生活的思考和反思。

总之，这首诗通过对紫薇花的描绘和情感的表达，展现出诗人的才华和对生活的热爱。通过对紫薇花生长过程、香气、虚名等方面的描绘，表现出诗人对生命、美好事物和生活的思考和感悟。同时，通过对醉眼观察世界的描绘，表现出诗人对自然的敬畏和对生活的反思。整首诗语言优美、形象生动，具有深刻的内涵和哲理。

郑元佑

郑元佑(1292—1364年)，字明德，自号尚左生。自幼聪颖，对学习刻苦钻研。学者称遂昌先生。早年居钱塘(今杭州市)，后来侨居吴中近四十年，在顺帝至正年间，郑元佑被任命为平江儒学教授，后来升任为江浙儒学提举，最终在任上去世。他的文章气势磅礴、风格豪放，诗歌也清新峻峭、古朴苍劲。他著有《遂昌杂志》和《侨吴集》等作品。

石湖十二咏(其十二)紫薇村

公退紫薇省①,宅种紫薇花。
千树临山麓,秋来粲②晓霞。

注释

①紫薇省:唐开元元年中书省改称紫微省,诗中代指官员办公场所。②粲:灿烂、光彩照人。

释义

公事繁忙的中书省官员在退下官职后,选择在石湖畔的紫薇村定居,住宅周围种植着紫薇花。这里有成千上万的紫薇树沿着山脚生长,每当秋天来临时,晨曦中的霞光与这些美丽的花朵相互映衬,显得格外灿烂夺目。

鉴赏

这首诗描绘了紫薇村的美丽景象和秋天的美丽风光。通过"公退紫微省,宅种紫薇花"的描绘,展现了官员对自然的热爱和追求闲适生活的理想。而"千树临山麓,秋来粲晓霞"则进一步描绘了紫薇村的壮丽景色和秋天的美丽风光,给人以美的享受和心灵的净化和放松。整首诗语言优美、形象生动,表现了诗人对自然和生活的热爱和感悟。

元好问

元好问(1190—1257年),字裕之,别号遗山,人们常尊称他为遗山先生,原籍太原秀容(今山西忻州)。是金末元初时期杰出的文学家和历史学家。元好问因其杰出的诗歌创作而广受赞誉,在金代文学史上占据了举足轻重的地位。他的诗作题材广泛,风格鲜明,既展现出豪迈的气概,又蕴含着细腻的情感描绘。特别是他的"丧乱诗",代表了金代诗坛的最高水平,并对后世产生了深远的影响。此外,他还擅长散文、词、曲等多种文学形式,其中词作尤为出色,可与宋代著名词人相提并论。元好问的作品包括《元遗山先生全集》《中州集》《续夷坚志》等,其中《遗山乐府》是他词作的总汇。他的文学贡献不仅限于个人作品的创作,还包括了对金代文学遗产的保护和研究,如编纂《中州集》等。

鹊桥仙·乙未三月，冠氏紫薇观桃符上，开花

亦当却一春耶，因取此意作此以自喻云槐根梦觉，
瓜田岁暮，白发新来无数。
长安迁客望朱崖，未唤得、烟霄失路。
西州芍药，南州琼树，香满云窗月户。
蒺藜沙上野花开①，也算却。

注释

①蒺藜沙上野花开：比喻埋没英才。

释义

这首诗词表达了作者对自己生命的感慨和思考。他觉得自己的一生仿佛只有一春的时间那么短暂，因此他以此意为题，以自我比喻的方式来写作。他描述了自己像云槐根一样在梦中醒来，瓜田已经到了岁暮，自己的头发却变白了许多。他是一个长期在长安迁徙的人，他望着遥远的朱崖，但却找不到回家的路。他提到了西州的芍药和南州的琼树，形容那里的花香弥漫在云窗和月户之间。最后，他提到了蒺藜沙上的野花开放，似乎在告诉人们即使在艰难的环境中也能找到美好。

鉴赏

这首诗词以元好问独特的表达方式展现了他对生命短暂和人生无常的思考。他通过描绘自然景物和自身经历，表达了对时光流逝和岁月无情的感慨。他的诗词中充满了对家乡和归途的思念，以及对美好事物的渴望。通过对花香、月光和野花的描绘，诗人传达了即使在困境中也能找到希望和美好的信念。整首诗词以自然景物和个人情感的交融，展现了元好问独特的诗意和情感表达能力。

陈益稷

陈益稷（1254—1329 年）一位皇室成员，为陈朝开国君主陈太宗的第五子，受封为昭国王。在他的众多兄弟中，除了兄长陈圣宗外，还有两位杰出的兄弟：上相太师昭明王陈光启和昭文王陈日燏，他们在第二次元越战争中担任了抗击元军的重要角色。尽管陈光启擅长诗歌创作，陈日燏也学识渊博，但在战争爆发前，太上皇陈太宗最为器重的仍是陈益稷。据传，陈益稷不仅学识广博，而

且才智过人，在历史、艺术、文学等多个领域都展现出卓越的才华。此外，他还是蹴鞠和象棋的高手。陈益稷所居住的宫殿很快成了越南古城升龙的学术中心，吸引了众多越南知识分子前来投靠，其中包括莫挺之和裴放等知名人士。

挽卜怜吉歹河南王

哲人萎①矣栋梁②倾，回首西风涕暗零。
三世功名今古史，百年过客短长亭③。
手扶红日名犹在，身就黄粱梦不醒。
记取汾阳旧勋业，紫薇留种④继芳馨。

注释

①哲人萎：见“哲人其萎”。②栋梁：担负国家重任的人才。③短长亭：指的是短亭与长亭的合称。宋代诗人苏轼在《送运判朱朝奉入蜀》中写道：“梦寻西南路，默数短长亭。”清代蒋春霖的《南乡子》词中也有提及：“燕麦青青，大河西畔短长亭。”可参见“短亭”的相关解释。④留种：留存种子。

释义

贤德的人病逝就好比国家栋梁倾塌，回想起过去的记忆，只能暗自哭泣。您的功名将被写入史书，在百年的时间里是一位匆匆过客。如同徒手扶起红日般的功劳还历历在目，而今病逝的消息仍像黄粱一梦，不愿醒来相信。还记得您在汾阳的建功伟业，会像紫薇花的种子世代传播被人铭记。

鉴赏

这是一首纪念历史人物的诗，具体来说，可能是纪念一位历史上的政治家或军事将领。

“哲人萎矣栋梁倾，回首西风涕暗零”这句话的意思是，一位卓越的人物（“哲人”）去世了，他像栋梁一样曾经支撑着一个重要的位置，但是他的逝去使得整个结构都开始倾斜。作者在回忆这位人物的时候，因为悲伤而流泪。“三世功名今古史，百年过客短长亭”，这里作者将这位历史人物的人生轨迹和历史事件联系起来，他的一生事迹和成就将会被写入历史，而他自己也在这个历史进程中像一位过客一样短暂地存在。“手扶红日名犹在，身就黄粱梦不醒”这句话表示，尽管这位历史人物已经去世，但是他的名字和事迹仍然被人们铭记和传颂。同时，作者也暗示这位人物的人生充满了荣誉和成就，但最终还是如梦一般地消逝了。“记取汾阳旧勋业,紫薇留种继芳馨”,最后,作者强调了这位历史人物的功绩和贡献是值得人们永远铭记的。他将这位人物的伟大事业与紫薇花联系起来,表达这位人物的功绩将像紫薇花一样永远芳香之情。总的来说,这首诗表达了对一位历史人物的敬仰和缅怀之情,同时也展现了历史的冷酷无情以及人生的瞬息万变。

陈 基

陈基(1314—1370 年),字敬初,出生于台州临海(现属浙江省),后寓居于吴中的凤凰山河阳里(今归属于张家港市)。他是元末时期江南地区的一位知名文人,曾师从著名学者黄溍,并随其游历京师,担任经筵检讨的职务。他曾代人起草谏章,险些因此获罪,于是避居吴中,以教授学生为生,在当地享有盛誉。陈基聪明好学,深谙《春秋》等儒家经典,品德端庄,兄弟和睦,孝顺父母。当时诗人郑元佑所作的《陈敬初兄弟》一诗,便描绘了他们兄弟间和睦孝顺的情景。

元末时期,天下大乱,群雄四起,割据吴地的张士诚听闻陈基的名声,便召他为江浙右司员外郎,参与军事事务。张士诚称王后,又授予他内史的职位,后来升任为学士院学士。在频繁的军旅生活中,许多重要的文书和檄文都出自他的手笔。当朱元璋平定吴地后,因其才华出众,便召他参与《元史》的编纂工作。史书完成后,他获得了赏赐并返回寓所,最终在常熟河阳里去世。陈基擅长诗文和书法,他的不少诗作都反映了张士诚起义军的生活。他的生平事迹被收录于《明史》。他著有《夷白斋稿》共计 35 卷,其中包括诗歌 1 卷,文章 24 卷,以及外集诗歌和文章各 1 卷。

分省①诸公邀西湖宴集②

湖上相逢宴屡开,紫薇花下约同来。
水光③酿绿凝歌袖,山色分青入酒杯。
蛱蝶④影随罗扇动,琵琶声逐画船⑤回。
独怜英骨⑥埋芳草,南拱枝头蜀鸟⑦哀。

注释

①分省:元代分设于地方上的中书省机关。②宴集:宴饮集会。③水光:水面映现出的光色。④蛱蝶:亦作“蛱蜨”,蝴蝶。⑤画船:装饰华美的游船。⑥英骨:英烈的遗骨。⑦蜀鸟:该词指的是杜鹃鸟,据传说它是由古代蜀国的帝王杜宇化身而来,因此得名。

释义

在西湖上多次宴请相逢的好友,大家都不约而同地在紫薇花开的季节相聚。宴席上觥筹交错的场景和歌女的影子倒映水面上,青山也倒映在酒杯内。蝴蝶被人们衣服上的香气吸引而来,琵琶的声音随着画船移动。唯独可怜英烈的遗骨被野草埋没,蜀地的树梢上杜鹃鸟在哀啼。

鉴赏

这是一首写宴会景色的诗,表达了作者与友人相聚的欢乐以及离别的伤感。“湖上相逢宴屡开,紫薇花下约同来”,这句话的意思是,作者和友人在湖边多次相聚,一起在紫薇花下约定再来相聚。“水光酿绿凝歌袖,山色分青入酒杯”,这里作者描绘了宴会的场景,水光和山色都被写入了诗中,表达了宴会的欢快和自然的美景。“蛱蝶影随罗扇动,琵琶声逐画船回”,作者用蝴蝶和琵琶声来形容宴会的欢乐和热闹,表达了作者与友人的愉悦心情。“独怜英骨埋芳草,南拱枝头蜀鸟哀”最后,作者表达了对离别的伤感和对逝去的友人的怀念之情。他用“英骨埋芳草”来表达友人的离去,而“南拱枝头蜀鸟哀”则暗示了离别的悲痛和不舍。总的来说,这首诗描绘了作者与友人相聚的欢乐和离别的伤感,以及自然的美景和人生的短暂。

程钜夫

程钜夫(1249—1318 年),原名文海,后为避元武宗海山的名讳,改用其字为名,号雪楼,亦称远斋。他出生于建昌(今江西抚州),祖籍为郢州京山(今属湖北)。程钜夫是元朝时期的一位杰出官员与文学家。

程钜夫年少时与吴澄同为师门兄弟。南宋末期,他随同叔父投降元朝,并作为人质进入元朝宫廷。因受到元世祖的赏识,他逐渐晋升至集贤直学士的职位。在至元十九年(1282 年),他向朝廷奏报了五项重要事务,并提议兴建国学、搜寻并征用江南地区的隐士贤才以及南北人才的并用,这些建议均得到了采纳。到了至元二十四年(1287 年),他被任命为侍御史,负责行御史台的事务,并在江南地区推荐了赵孟頫等二十多位人才,他们均得到了提拔。当时,丞相桑哥独揽大权，程钜夫上书直言极谏，几乎遭遇杀身之祸。此后，他历任大江南湖北道肃政廉访使、翰林学士承旨等职务，并参与了《成宗实录》和《武宗实录》的编修工作。延祐五年（1318 年），程钜夫去世，享年七十岁。泰定二年（1325 年），他被追赠为大司徒、柱国，追封为楚国公，并获得“文宪”的谥号。

程钜夫历经四朝，是当时的杰出大臣，他的文章风格庄重典雅，诗歌也展现出豪迈俊逸的风采。他著有《雪楼集》，共计三十卷。

缉煦殿御题紫薇花扇面寿卿中丞

江南[①]十里花茫茫，紫薇尽对中书郎。
人工会得无穷意，一枝宛转留芬芳。
缉熙殿里日月长，对画落笔蛟龙翔。
花前未觉风流远，扇底犹含雨露香。
乌府[②]先生黄阁老，高敞新斋坐霜昊。
聊题此画托千年，从今永伴中书考。

注释

①江南：指的是长江下游以南的区域，涵盖江苏省与安徽省的南部以及浙江省的北部地区。②乌府：汉代御史府中植有柏树，常有数千只乌鸦栖息其上。因此，后世将御史府或御史台别称为乌府或乌台。

释义

江南十里的花海中，紫薇花独自对着中书郎（白居易曾任中书舍人）。人们能领会到紫薇花的无穷意蕴，使它的芬芳留存。在缉熙殿里，日月悠长，白居易对着画作落笔，如蛟龙飞翔。花前并未觉得距离遥远，而扇底还带有雨露的香气。白居易在中书省任职的时候，坐在高敞的新斋里。他以此画寄托千年之思，希望紫薇花能永远伴随中书郎。

鉴赏

这首诗是一首赞美紫薇花的诗，同时也是对白居易的赞誉之作。

诗中以江南的繁华景色为背景，紫薇花独自面对中书郎，表现出一种独特的芬芳和高雅。“江南十里花茫茫，紫薇尽对中书郎”，描绘了江南十里的花海中，紫薇花与中书郎相对，表现出紫薇花的独特地位和白居易的才华。“人工会得无穷意，一枝宛转留芬芳”，意为人们能领会到紫薇花的无穷意蕴，其芬芳得以留存。此句强调了紫薇花的艺术价值和人文意义。“缉熙殿里日月长，对画落笔蛟龙翔”，描绘了白居易在缉熙殿里创作时的场景，落笔如蛟龙飞翔，表现出他的才华横溢，表达了诗人对白居易的敬仰之情。“花前未觉远，扇底犹含雨露香”，站在画前仿佛就像在花前一样，用扇子扇风仿佛能感受到花的香气。此句暗示了白居易的影响力与作品的价值。“乌府先生黄阁老，高敞新斋坐霜昊”，诗人想象几百年前白居易在中书省任职时的情景，在敞亮的书斋办公至天色微亮。“聊题此画托千年，从今永伴中书考”，最后一句以诗寄托千年之思，希望紫薇花能永远伴随中书郎。此句表达了对白居易的敬仰和对其作品的珍视。

总体来说，这首诗通过对紫薇花的赞美，展现了白居易的才华、地位和影响力。同时，也表达了作者对他的敬仰和对其作品的珍视。

萨都剌

萨都剌（活动于1272年或1300—1355年），字天锡，别号直斋，是元代一位杰出的诗人与画家。出生于雁门（今山西代县）。萨都剌多才多艺，擅长绘画与书法，尤其在楷书领域有深厚造诣。他的职业生涯颇为丰富，曾担任过翰林文字应奉、南台御史、镇江录事司达鲁花赤、江南行台侍御史以及淮西北道经历等职务。在文学创作上，萨都剌以诗歌见长，作品题材广泛，从游历山水、归隐生活、向往仙境与佛教，到人际交往的酬答，都充满生活气息，描写细致入微。同时，他也关注民间疾苦，勇于揭露社会的阴暗面。萨都剌的诗风清新俊逸，文辞刚健有力，偶尔也展现出豪迈奔放的特质。虽然他的词作数量不多，但影响深远，如《念奴娇·登石头城》和《满江红·金陵怀古》等都是其代表作。此外，萨都剌还留下了《严陵钓台图》和《梅雀》等画作，现被故宫博物院珍藏。

酹江月·游钟山紫微赠谢道士，其地乃文宗驻

金陵王气，绕道人丹室，紫霞红雾。
一夜神光雷电转，江左云龙飞去。
翠辇金舆，绮窗朱户，总是神游处。
至今花草，承恩犹带风雨。
落魄野服黄冠[1]，榻前赐号，染蔷薇香露。

归卧蒲龛春睡暖，耳畔犹闻天语。
万寿无疆，九重闲暇，应忆江东路。
遥瞻凤阙②，寸心江水东注。

注释

①野服黄冠：意指朴素的服饰，常用来代指普通民众，有时也象征着隐居山林的高洁之士。②凤阙：皇宫、朝廷。

释义

这首词描述了南京（金陵）的王气、神仙、皇帝和江水。王气围绕在皇帝的丹室，紫霞与红雾交织弥漫。一夜之间，神光与雷电交相辉映，预示着江左之地的云龙腾空而去。皇帝乘坐的华丽的车辇和金兴，以及窗户外美丽的景色，都是神游的地方。至今，那些受到皇帝恩赐的花草仍然带着雨露。作者穿着朴素的衣服，躺卧在榻前，得到皇帝的赐号，染上了蔷薇香露。他躺卧在蒲龛中，享受着春日的温暖和安静，耳边仿佛还能听到皇帝的话语。最后，诗人想象着皇帝万寿无疆，九重闲暇，应该回忆起江东路。他遥望凤凰阙，心却随着江水东流。

鉴赏

这是一首描述金陵（今南京市）景象的词，充满了历史和文化的气息。作者通过描绘王气、神仙、皇帝和江水，展现了一个充满神秘和威严的世界。

首句“金陵王气，绕道人丹室，紫霞红雾”，给人一种庄重、神秘的感觉。金陵作为六朝古都，具有深厚的历史文化底蕴，而“王气”则代表着皇家的气息和威严。这里的“绕道人丹室，紫霞红雾”，似乎在暗示着一种修炼或神秘的力量，让人感到一种超凡脱俗的氛围。接下来“一夜神光雷电转，江左云龙飞去”，则给人一种壮观的景象。神光雷电，暗示着神灵的力量，而“江左云龙飞去”则可能象征着历史的变迁和皇家的兴衰。这句话似乎在暗示着一种不可抗拒的力量和历史的进程。“翠辇金兴，绮窗朱户，总是神游处。至今花草，承恩犹带风雨”，则是描述了皇帝的车驾和住所的华丽与辉煌，同时也描绘了承恩的花草。这里的花草“承恩犹带风雨”，则表达了一种皇恩浩荡，连自然界都被赋予了皇家的气息。然后“落魄野服黄冠，榻前赐号，染蔷薇香露”，描述了作者穿朴素的衣服，被赐予号，并染上了蔷薇香露。这里透露出一种超脱世俗的感觉，同时也表达了作者对皇家的忠诚和感激。“归卧蒲龛春睡暖，耳畔犹闻天语。万寿无疆，九重闲暇，应忆江东路”，则描述了作者在蒲龛中享受春日的温暖和安静，耳边仿佛还能听到皇帝的话语。这里的“万寿无疆，九重闲暇”似乎在表达对皇帝的祝福和祈祷。最后“遥瞻凤阙，寸心江水东注”，描述了作者遥望凤凰阙的景象，心却随着江水东流。这里透露出一种深深的思念和忧虑，同时也表达了作者对未来的期望和憧憬。

总的来说，这首词充满了历史、文化、神秘和壮观的元素，通过描绘金陵的景象和皇家的生活，表达了一种对历史和文化的敬畏和对皇家的忠诚和感激。同时，也透露出一种深深的思念和忧虑，表达了作者对未来的期望和憧憬。

第三章习题

第三章习题答案

第四章 明

刘 基

刘基(1311—1375年),字伯温。出生于青田九都南田武阳村,在科举考试中中三甲第二名进士,作为一位元末明初的政治家和文学家,刘基在政治、军事、哲学、历史、天文、气象、历算、地理、医药、工程以及书画农事都有很深的造诣。他的诗文在后世享有极高的声誉,《明史》评价其文章"所有文章,气昌而奇,与宋濂并为一代之宗"。清代评论家沈德潜在《明诗别裁集》中赞赏道:"独标高格""超然独胜,允为一代之冠。"《四库全书》的总目提要中也评价道:"其诗沉郁顿挫,自成一家,足与高启相抗。"刘基的著述极为丰富,明初时,他的儿子刘仲璟和孙子刘廌等人将他的作品分别编辑成《郁离子》5卷、《覆瓿集》10卷、《写情集》4卷、《犁眉公集》5卷、《春秋明经》4集。后来,后人为刘基合编《诚意伯刘文成公文集》20卷,其中收录了《郁离子》18章、文220篇、诗1184首、词233首、《春秋明经》42则。

除了上述外,刘基还十分擅长行、草书法,精通绘画。"持竹办手"等20多个小诗草手迹被选入《古今墨迹大观》。

如今,上海博物馆仍收藏有刘基的行、草书墨迹——《春秋》八道诗卷,他的书法也被香港书谱出版社于1984年出版的《中国书法大辞典》称赞为"清越流丽,似尚沿有鸥波意度"。

第四章彩图

惆怅(二首)·紫薇花树小楼东

紫薇花树小楼东,日炙[1]霞蒸似锦红。
过了春风到秋露,可堪零落碧苔中。

注释

①日炙：阳光照射。

释义

紫薇花树位于小楼的东侧，他在阳光炙烤和晚霞的映照下，绚烂如锦绣般红艳。春风已过，秋露已至，可悲地看着花朵零落在碧绿的紫薇花树。

鉴赏

这首诗以自然景物为背景，通过描绘紫薇花树和小楼的景象，抒发了作者内心的忧愁之情。紫薇花在阳光下绽放，色彩鲜艳夺目，但随着春风过去，秋露来临，花朵开始凋谢，逐渐散落在青翠的苔藓之中。这种变迁和衰败的景象触发了作者的思考和感伤，表达了他对时光流转、生命消逝的感慨和无奈。这首诗以简洁明了的语言，通过对自然景物的描绘，抒发了作者内心的愁思和对生命短暂的感慨。紫薇花的美丽和凋谢，象征着人生的起伏和不可避免的衰老。诗中的小楼东侧的紫薇花树和碧苔都是平凡而寻常的事物，但通过诗人的感慨和借景抒情，使得这些景象显得深邃而动人。整首诗以感性的笔触，传达了作者对时光无情流转和生命脆弱性的思考，给人以深深的思索和共鸣。

马　洪

马洪约生于宣德年间，卒于弘治至正德年间，浙江仁和(今杭州)人，自幼颖异，然举业不成，居塾授徒，以布衣终生。好吟咏，长于诗词。成化、弘治年间以词擅名东南。

马洪是明朝时期一位专注于创作词的诗人。在明代，像马洪这样专门致力于词的创作的诗人并不多见，其所著词集《花影集》3卷却在后世中遗憾失传，现有29首词零星存在《西湖游览志》《西湖游览志馀》《词品》等书中，题材可分成男女情爱、山水纪胜、友朋交游三类。词风以婉约为主，在描写闺情春思时，笔触尤为细腻深刻，如《生查子》《春夜》“烧罢夜香时，独立帘儿下”之语。填词长于用虚笔，善于构造缥缈空灵的氛围，如《凤凰台上忆吹箫》《秋夜》“彩凤衔书未至，玉宇静、香雾空濛”之语。明清词论对马洪词艺的评价，呈现出两极化。明代的杨慎在其《词品》中对马洪赞赏有加，认为马洪“善吟咏，而词调尤工。皓首韦布，而含珠吐玉，锦绣胸肠，褎然若贵介王孙也”。然而，清代朱彝尊在《词综·发凡》中对马洪的词艺持批评态度，认为马洪的词“至钱塘马浩澜以词名东南，陈言秽语，俗气薰人骨髓，殆不可医”。这种评价与明代的评价形成了鲜明的对比。朱氏立论未为公允，盖马洪词集久已失传，未得见其全貌之故。

昭君怨

远路危峰斜照，瘦马尘衣风帽。
此去向萧关①？向长安？
便坐紫薇花底，只是黄粱梦里。
三径易生苔，早归来。

注释

①萧关：古代地名，位于今宁夏固原东南，是通往塞外的重要关隘。

释义

长路漫漫，险峰危立，傍晚斜阳残照，仅一匹瘦马相伴，马蹄溅起的尘土布满衣衫，迎风而去，头上的破帽子因而倾斜。这次去是向北，向长安？坐在紫薇花树下，这一切都是黄粱美梦。家园容易荒凉，还是早点回来吧！

鉴赏

此诗开篇两句，栩栩如生地勾勒了那些为追求功名而历尽艰辛、颠沛流离之人的凄苦境遇。且看：通往功名的道路是如此的漫长而遥远；眼前耸立的高峰，艰险而难以攀登；黄昏时斜阳西下，奔波的人孤独前行，瘦马依依相伴，步履蹒跚；马蹄溅起泥土尽数落在衣衫上；狂风呼啸，掩面而行，破帽也被风吹得歪斜不定。六个独特的意象不仅能够让人体会到言辞之外的深邃含义，还借鉴了元代马致远《天净沙·秋思》的意境，巧妙地融入了天涯游子“古道西风瘦马”那股凄凉的情感。紧接着，通过连续使用两个“向”字，生动描绘了险峻山水无穷无尽绵延不绝的场景。“萧关”最早出现在《汉书·武帝纪》：“（元封）四年冬十月，行幸雍祠五畤。通回中道，遂北出萧关，历独鹿、鸣泽，自代而还，幸河东。”即元封四年，汉武帝曾经北出萧关。后来，诗人们常用“萧关北上”来代指帝王出行。诗中则取“北上”之意。南京曾是明代都城，此诗句中的“长安”象征着帝王阙，功名路。

如果说上一部分描绘了旅途中的艰难险阻，那么接下来的部分则悄然转向了对功名虚幻无常的书写。那萧瑟的书剑久困于尘埃之中，沧桑十年，饱含着多少的悲伤与辛酸。可是，即便有朝一日功成名就，最终也不过是一场梦幻泡影。所谓“便坐紫薇花底，只是黄粱梦里”。唐代开元年间称正二品官中书侍郎为“紫薇侍郎”。这首诗隐约表达了诗人虽身处高官之位，然而内心深处却弥漫着寂寞之感，且充斥着百无聊赖的情绪。“便坐紫薇花底，只是黄粱梦里”，这正是对唐代诗人白居易诗中意境的巧妙借鉴与化用。鉴于官场生涯难以持久，而家园亦不可长久荒废，不如选择“早归”为宜。至于“三径”一词，其源自东汉赵岐所著《三辅决录》，叙述了西汉末年蒋诩因病辞官归隐的故事。在他的园子里，他开辟了三条小路，只与少数知心朋友往来。后来，“三径”常用来代指隐居者家园。而陶渊明《归去来兮辞》“三径就荒，松菊犹存”和唐末伍唐《寒食日献郡守》诗“入门堪笑复堪怜，三径荒一钓船”中的“三径”仅仅指一般家园。此篇以“三径易生苔，早归来”结束，表达了词人期望人们能够醒悟，一定不要贪恋虚空不实的功名，而应尽早回归那容易荒芜的家园之意。全篇以“远路”起笔，以“归来”作结，形成了一个完美的闭环。

马洪一生并未追求功名，而是将毕生精力投入文学创作中。在《花影集自序》中，马洪自述“四十余年，仅得百篇”，显示了他对词作的严谨态度。他的词作清新秀丽，给人以美的享受，被评论家以“清丽”称许。

这篇《昭君怨》还有另一显著特色，就是运用典故毫不生硬，有着天工造化般的奇妙。即使不进行详细的解释说明，读者也能够领会其中的意蕴，堪称言有尽而意无穷的佳作。

杨　慎

杨慎（1488—1559），字用修，起初的号升庵、月溪，之后又有博南山人、洞天真逸、逸史氏、滇南戍史、金马碧鸡老兵等诸多名号。其籍贯为四川新都（今成都市新都区），而祖籍则是庐陵（今江西省吉安市）。他是明代三才子之首，著名文学家、学者、官员，东阁大学士杨廷和的儿子。杨慎博览群书，才华横溢，在诗词等多个文学领域均有成就，形成了独特的艺术风格。其诗作融合了六朝韵味和晚唐文学精华，开创了渊博华丽的词风。深厚的文学造诣使其在当时的文学风气中独树一帜，展现了非凡才华。乐府率先倡导《花间》之风，影响了隆庆、万历以后的风尚，文坛逐渐趋向绮丽之态。著作四百余部，涉猎天文、地理、历史、宗教等众多领域，后编纂为《升庵集》。

百日红

李径桃溪与杏丛，春来二十四方风。
朝开暮落浑堪惜，何似雕阑百日红。

释义

春天的二十四个风候里，小径旁的李花，溪流旁的桃花和杏花林相继开花。花朵早上开放下午又谢了，令人惋惜，不及红色的紫薇花开的时间长。

鉴赏

百日红，紫薇花的别称，又叫满堂红、痒痒花、满树红。杨万里有诗说："谁道花无红百日？紫薇长放半年花"（《凝露堂前紫薇花》），就是对紫薇花期长的美誉。杨慎这首《百日红》"李径桃溪与杏丛，春来二十四番风"，一句就是提出李、桃、杏，这些春花来比较对照。二十四番风：在二十四番花信风的周期中，自小寒至谷雨，这一百二十天的时序内，每五日构成一个风候，每一风候便有一种花卉如期绽放，彰显着自然界的节律与和谐。"朝开暮落浑堪惜，何似雕栏百日红"，指出桃、李、杏是百花中春花的代表，虽开于春季，仍无法与紫薇花那悠长的花期相媲美。杨慎是采用与杏花、李花、桃花相对比手法来突出紫薇花的百日红。

钱士升

钱士升（1575—1652 年），字抑之，号御冷，后来号塞庵，浙江嘉善人，明朝大臣。钱士升在明万历四十四年（1616 年）时考中丙辰科状元，被提拔为擢翰林院修撰。崇祯六年（1633 年），朝廷任命他为礼部尚书兼东阁大学士，入阁参与机要事务。第二年春天入朝面圣，请求停止一些事例事项，废除鼓铸，严惩贪赃枉法的官吏，同时停止派遣官员去督促新旧军饷等事务。崇祯帝对这些建议悉数采纳，并责令巡抚、巡按负责落实办理。又撰写了切实反应时政的《四箴》呈递，即"宽以御众，简以临下，虚以宅心，平以出政"。崇祯帝起初采纳了这些建议，但后来不满情绪渐生，内心深处产生了明显的不悦之情。武生李琎要求江南富户申报财产，官府据此没收部分或全部。钱士升反对这一做法，认为它会导致混乱，并上疏表达异议。因观点与皇帝相悖，他请求退休。顺治九年（1652 年），钱士升去世。著有《周易揆》《南宋书》《逊园遗书》等。

紫薇花

深紫姹红出素秋，不粘皮骨自风流。
犹忆翰林官署里，双双斜干对南楼。

释义

绚烂的紫色和红色在秋天格外美丽，美景并不拘泥于外表，自然流畅地展现在风中。仍然记得当初在翰林官署中的时光，双双并肩，倾靠在南楼边。

鉴赏

通过“深紫姹红”描绘了深沉的紫色和姹红的美景，表达了紫薇的美丽。“不粘皮骨自风流”，表达了美景的自然流畅，也表达了作者不受束缚，风流的姿态。“风流”也可以理解为优美、潇洒。“犹忆翰林官署里，双双斜干对南楼”，表达了诗人对过去在官场时光的怀恋，增添了岁月流转的情感，也表达了诗人想重回官场的想法。

薛蕙

薛蕙（1489—1541 年），字君采，号西原，南直凤阳府亳州（今安徽亳州）人，武平卫籍。明代诗人。薛蕙少因诗闻名，正德三年（1508 年），王廷相因为进谏言事被贬到亳州，薛蕙欣赏其诗词才华，认为他的诗歌可以继承何景明、李梦阳。薛蕙听闻后，便拜王廷相为师。他的诗歌不仅与七子派同道，还兼具六朝、初唐的诗韵，在当时自成一体。后罢官在家精心研究经学，读《老子》及佛书，领悟了虚静慧寂的道理，证明其与六经以及濂洛之学、陆九渊的学说相辅相成，从而形成了“复性”的理论。有嘉靖刊本《考异》1 卷《老子集解》2 卷及《约言》1 卷等经学著述，他讲学时的言行及晚年与友人往来的书信后来辑录为《西原先生遗书》2 卷，现存嘉靖四十三年扬州刊本。其诗文著述被辑录成《薛考功集》，共有 10 卷和 1 卷附录。其中文章 2 卷，诗赋 8 卷，有嘉靖吴郡章简甫写刊本和万历刊本等版本。此外，还有嘉靖刊本的《薛西原集》2 卷。

紫　薇

紫薇开最久，烂熳十旬期。
夏日逾[1]秋序，新花续故枝。
楚云轻掩冉，蜀锦碎参差。
卧对山窗下，犹堪比凤池。

注释

①逾：超过。

释义

紫薇花开放得最长久，绚烂地持续百天。夏日过去，秋天来临，新花又在原来的枝条上接着绽放。楚国的云轻轻遮掩着冉冉升起，蜀地的锦绣破碎而参差。卧对着山窗下，就好像身处官衙之中。

鉴赏

诗中以紫薇花为主题，通过描绘紫薇花“开最久”“烂熳十旬期”表达了花卉的长久盛开，以及秋天绚烂的色彩。花卉在诗中象征着生命和季节的更替。诗人通过表达“夏日逾秋序”和“新花续故枝”，展现了季节的更迭，强调了自然界的循环变化，与人生的流转相辅相成。描述了楚国的云和蜀地的锦绣，以地域性的意象丰富了诗歌的画面，使其更具生动感。通过轻描淡写的语言和婉约的意境，诗歌给人以宁静、清新的感觉。山窗下的卧姿，与凤池的比拟，形成了一种恬淡的意境。

叶小鸾

叶小鸾（1616—1632年），明末才女。字瑶期，又字琼章，籍贯是吴江（今隶属于江苏苏州），是文学家叶绍袁与沈宜修的小女儿。她容貌姣好，擅长诗词歌赋，琴棋书画，尤其擅长画山水画和落花蝴蝶，皆独具韵致。在她即将出嫁之时不幸离世，她留下了作品集《返生香》。

踏莎行·紫薇花

细剪胭脂，轻含茜露。芳菲百日浓辉聚。红妆懒去斗春妍，薰风[①]独据珊瑚树。

翠叶笼霞，琼葩[②]缀雾。湘帘影卷猩姿雨。仙郎禁院旧传名，亭亭好伴西窗暮。

注释

①薰风：指暖和的南风。②琼葩：指美丽的花朵。

释义

一朵朵的紫薇花，如同轻轻剪裁的胭脂，又似那含着露水的茜草。绽放出浓聚的芳菲，它那百日不息的鲜艳花色，仿佛凝聚了所有的春日光辉。在春意盎然的时节，它却慵懒地不去争春斗艳，只静静地伫立在薰风之中。紫薇树的枝干独特，犹如珊瑚树一般挺拔。紫薇的叶子像翠绿的屏风，紫红色的花朵像是云雾般飘洒。湘帘摇曳，斑驳的光影在窗前晃动，宛如一幅猩红色的画卷。紫薇花在黄昏时分更加美丽，仿佛是仙郎禁院中传出来的旧名声。它亭亭玉立，与西窗相伴，为人们带来美好的晚间风景。

鉴赏

这首词以细腻的笔触，描绘出紫薇花的独特美态。这首词的开头便用“细剪胭脂，轻含茜露”来形容紫薇花的娇艳欲滴，展现出其独特的颜色和质感。接下来，“芳菲百日浓辉聚”一句则形容了紫薇花的花期之长，以及其艳丽的光辉。词人用“红妆懒去斗春妍”来形容紫薇花的不争春的态度，赋予了紫薇花一种恬静淡泊的美感。

词的下片则进一步描绘了紫薇花的美丽。“翠叶笼霞，琼葩缀雾”，两句以鲜明的颜色和形象的比喻，表现出紫薇花的独特美感。“湘帘影卷猩姿雨”则将紫薇花比作猩红色的雨帘，形象地描绘出紫薇花在风中摇曳的姿态。“仙郎禁院旧传名”一句则赋予了紫薇花一种神秘和高贵的气质。最后一句“亭亭好伴西窗暮”则将紫薇花与西窗相提并论，表达出紫薇花在黄昏时分的美丽和孤傲。

高攀龙

高攀龙（1562—1626 年），字云从，又字存之，世人称景逸先生，南直隶无锡（今属江苏）人。明末政治家、思想家、东林党领袖，与顾宪成并称“高顾”。高攀龙提倡“惠商”“体恤铺行”，强调“实学”等，其政治思想主张虽在当时的政治实际中作用有限，却对后世产生了不小的影响，也渗透到明末清初的顾炎武、黄宗羲等人的思想中，从而占据中国政治思想史上一席之位。其次，高攀龙、高举程、朱理学的治国旗帜，提倡“实学”，并在东林书院切身实践，培养出大批心怀天下的封建士大夫，对明清之际政治、社会发展和学风的转变都产生了深刻影响。

秋华咏·其六·紫薇

小窗当北牖，日夕生凉风。
最爱竹丛里，忽亚一枝红。

释义

小窗户正对着北方，黄昏时分，凉风吹来。在竹林中，忽然探出一枝紫薇花，在风中摇曳。

鉴赏

这首诗描绘的是秋天的景色，小窗户对着北方，凉风习习，给人带来清爽的感觉。诗人最爱的竹丛里，忽然探出了一枝紫薇花，给整个画面增添了一抹亮色。整首诗语言简练，意境深远，给人留下深刻的印象。

李奕茂

李奕茂（1585—1629），字尔丞，号钟石，生于江阴赤岸，天启年间曾任北鸿胪寺序班，享年45岁。作为江阴赤岸李氏的第十五世祖，李奕茂在当地享有声望，著有《松筠斋稿》，并留下七篇诗作。

灯下对紫薇

高卧空山百感生，一番风雨倍伤情。
孤灯寂寂谁相问，只有薇花照眼明。

释义

在空寂的山中高卧，各种感触涌上心头，经历了一番风雨，情感更加深沉。在孤灯下，没有谁来问候，只有紫薇花在眼前明亮地照耀。

鉴赏

这首诗表达了诗人在孤寂的环境中，对紫薇花的深深情感。首句“高卧空山百感生，一番风雨倍伤情”，描绘了诗人的孤独和百感交集的心境，同时暗示了风雨带来的伤感。接下来的“孤灯寂寂谁相问，只有薇花照眼明”，则进一步强调了诗人的孤独，只有紫薇花在寂静中与他相伴。整首诗情感深沉，语言简练，通过紫薇花这一意象，表达了诗人对生活的感慨和对自然的敬畏之情。

区大相

区大相（1549—1616年），号海目，字用孺，出生于广东佛山市高明区阮埇村。万历元年（1573年），区大相与其兄区大枢同中举人；万历十七年（1589年），他与弟区大伦又同中进士，成为一时佳话。中进士后，区大相前往北京任职，参与到国家历史的编纂与皇室血脉玉牒的修撰之中，后晋升为赞善，又转任左春坊左中允，肩负起知制诰，记录起居注的任务，并在经筵上侍讲。万历三十三年（1605年），他成为南京太仆寺丞，但三年后因“痹疾”病返回广州。此后，他便一直定居于广州，直至病逝。他一生中留下了丰富的著作，至今仍存有《区太史诗集》和《区太史文集》等宝贵文献。他的文章尽显非凡，落笔即洋洋洒洒数千言，是一位对明代岭南诗坛产生深远影响的著名诗人。他精于诗歌创作，诗律严谨，每一个字皆经过千锤百炼，堪称明代岭南诗坛的翘楚。

夏日诸公过集紫薇花树下

久从薇省①直，始见紫薇开。
复值纶扉②暇，相期花下来。
日华摇客绶，露彩拂仙杯。
国艳讵能耐，天香或见猜。
何如对微质③，长日且徘徊。

注释

①薇省：指中书省，这里借指朝廷或官府。②纶扉：指朝廷或中央政府的门户。③微质：指微小的生命或事物，这里借指紫薇花。

释义

长时间在宫中任职，今天终于见到紫薇花盛开。恰好遇到空闲的时候，和朋友约好了一起在花下相聚。阳光照耀着客人的衣裳，露水拂过仙人的酒杯。美丽的花朵是否能长久的开放呢，是否有花香也需要猜测一下。不如对着这微小的生命，长时间地徘徊欣赏。

鉴赏

这首诗描述了诗人在夏日与朋友在紫薇花树下相聚的场景。诗人通过“久从薇省直，始见紫薇开”，表达了自己虽然在宫中任职了很长时间，但是第一次见到紫薇花盛开的喜悦。而“复值纶扉暇，相期花下来”，则强调了与朋友相聚的时光，他们约好在花下相聚，共同欣赏这美丽的花朵。

诗人运用丰富的意象和生动的描绘，展现了紫薇花的美丽和生机。“日华摇客绶，露彩拂仙杯”，描绘了阳光和露水在紫薇花上的美丽景象，“国艳讵能耐，天香或见猜”，则表达了诗人对紫薇花的赞美和喜爱。最后一句“何如对微质，长日且徘徊”，则表达了诗人对紫薇花的深情，他愿意长时间地欣赏和徘徊在这美丽的花朵旁边。

梁清标

梁清标(1620—1691年),字玉立,又字苍岩,号棠村,别号蕉林,直隶真定(今河北省正定县)人。明末清初著名文学家、藏书家,名列"贰臣传"。明崇祯十六年考中进士,随后在清顺治元年归顺清朝,补任翰林院庶吉士,并被授予编修一职。在顺治年间,他历任宏文院编修、国史院侍讲学士、詹事府詹事、礼部左侍郎、吏部右侍郎、吏部左侍郎、兵部尚书、礼部尚书、刑部尚书、户部尚书,保和殿大学士等重要职位。他还留下了《蕉林诗集》《棠村词》等文学著作。

菩萨蛮·花间双蝶

人闲清昼抛书立。绿阴深处蝉声急。
一树紫薇开。翩翩引蝶来。
篱边相逐舞。摹作滕王谱。
槐老入新秋。西风蝶也愁。

释义

人悠闲地站在午后的阳光下,轻轻地抛开手中的书。在深深的绿荫中,蝉声急促地响起。紫薇树开满了花朵,美丽的蝴蝶翩翩起舞,纷纷飞来。蝴蝶在篱笆边相互追逐,仿佛在演绎着滕王阁的舞谱。老去的槐树进入新秋时节,西风中蝴蝶也感到愁苦。

鉴赏

这首词以"花间双蝶"为题,描写了蝉声、绿阴、紫薇、蝴蝶等自然景色,展现出一种宁静、淡泊的意境。词中描绘了人闲静时的情景,通过抛书、绿阴、蝉声等意象,营造出一种宁静而闲适的氛围。而紫薇花和蝴蝶的出现,则给这种氛围增添了几分生机和活力。

词中通过"翩翩引蝶来"和"篱边相逐舞"的描绘,展现出蝴蝶飞舞的美景,而"摹作滕王谱"则将蝴蝶的舞姿与滕王阁的舞谱相提并论,进一步强调了蝴蝶舞姿的优美和动人。最后一句"槐老入新秋,西风蝶也愁",则通过"槐老""新秋""西风""蝶愁"等意象,展现出秋天的凄凉和孤寂,同时也暗示了时光的流逝和生命的短暂。整首词语言优美,意境深远,通过对自然景色的描绘,表达出诗人对生命的感慨和对自然的敬畏之情。

彭孙贻

彭孙贻(1615—1673年),字仲谋,又字羿仁,号茗斋,自称管葛山人,浙江海盐武原镇(今浙江海盐市)人。他是明末清初南明隆武朝太常寺卿彭观民之子,学者彭孙遹的从兄。彭孙贻对经史百家,乃至氏族、释老、方技、稗乘之书,无不详尽研究,且编纂校正,各成体系,所撰之文皆遵循一定之法。他在诗歌创作上涉猎广泛,精通多种诗体,能模仿各种诗风,是明末诗坛的杰出人物。绘画方面,他擅长山水和墨兰。他还对历史有研究,与吴蕃昌共创"瞻社",因此受到社会名流的重视,与吴蕃昌并称"武原二仲"。其著作甚丰,有《茗斋诗文集》《茗斋诗余》《茗斋杂记》《明朝纪事本末补编》《虔台逸史》《甲申以后亡臣表》《彭氏旧闻录》《客舍偶闻》《方士外纪》《国恩家乘录》《靖海志》《平寇志》等10余种。清康熙十二年(1673年),童申祉与他共同编纂了《海盐县志》共10卷,该版本未正式刊印,现存抄本藏于南京图书馆。

子木招饮项氏艽圃公饯西蜀刘快阁明府共四首(其一)

曲径沿流入,惊檐触涧回。
钱葵①承卧石,斤竹②覆行杯。
药坞干③头菊,茅亭一带梅。
客来河朔饮④,树树紫薇开。

注释

①钱葵:一般指锦葵。②斤竹:斤,古代的一种砍伐工具,这里指竹子被修剪后的形态。③干:通"千"。④河朔饮:指夏日避暑之饮或酣饮。

释义

曲折的小路沿着溪流而上,水流受檐角的阻挡而回旋。锦葵静静依偎在岩石上,斤竹叶覆盖着行杯。药坞的千头菊,茅亭旁的一带梅树。宾客们酣畅饮酒,树上的紫薇花正盛开。

鉴赏

这首诗描述了一个美丽的自然景观,通过细致入微的描绘,展现出一种静谧、闲适和美丽的氛围。诗人用"曲径""惊檐""钱葵""斤竹""药坞""茅亭"等意象,构建了一个宁静的场景,而"触涧回""承卧石""覆行杯""干头菊""一带梅"等描绘,则进一步强调了自然景色的美丽和生动。

最后一句“客来河朔饮，树树紫薇开”，则将读者的视线引向了紫薇花，通过“客来”“河朔饮”“树树紫薇开”等意象，展现了诗人与友人的欢乐时光。同时，“紫薇开”也象征着希望和美好，给整首诗增添了几分温馨和美好的氛围。整首诗语言优美，意境深远，通过对自然景色的描绘，表达出诗人对生活的热爱和对自然的敬畏之情。

林熙春

林熙春（1552—1631 年），字志和，号仰晋，海阳龙溪（今潮安庵埠）宝陇村人。万历癸未（1583 年）中进士，历任巴陵令、都给事中、光禄少卿、太仆寺卿、太常寺卿、大理寺卿、户部左侍郎。天启四年（1624 年），魏忠贤阉党之祸日见暴露，林熙春自知无力回天，加上年事已高，故连上六疏乞休，最终获得批准。林熙春回到故乡仅一个月，阉党之乱也终于暴发，其急流勇退，何等及时。归乡之时，林熙春虽已是年逾古稀的 72 岁老人，但仍然关切地方民生，致力于公益事业。如为潮州争盐税，释疲役，倡建凤凰台、三元塔、修玉简塔，筑铳城于海口；浚三利溪，倡修龙头、东集等桥；倡修潮州文庙、贤良祠、龙溪文昌阁，玉简峰塔。此外，他还捐修赎佛寺田百亩作为秀才科试资费，并创建龙溪会馆。崇祯四年（1631 年），林熙春辞世，享年 80（虚龄），朝廷特赐“三世尚书”，谥“忠宣”。其著作有《赐问草》《赐还草》《赐传草》《城南书庄草》《掖垣出山疏草》等。

送紫薇花玉田方伯

太平天启正当阳，应有鸾书到二黄。
莫道山林无以赠，紫薇花送紫微郎。

释义

在天下太平、阳光普照的美好时节，应该有吉祥的诏书或书信送达朝廷或皇帝那里。不要说在这山林之中没有什么可以赠送的，我特地采摘了紫薇花来赠送给尊贵的紫微郎。

鉴赏

首句“太平天启正当阳”，点明了赠花的背景与时节，营造出一种祥和美好的氛围，同时暗含对方伯治理有方的赞誉。次句“应有鸾书到二黄”，则进一步强调了这种正面、积极的状态，并寓意着方伯即将受到朝廷的嘉奖或升迁的喜讯。第三句“莫道山林无以赠”，以谦逊的口吻表示，虽然自己身处山林，但并非没有礼物可赠，为接下来的赠礼做了铺垫。末句“紫薇花送紫薇郎”，是全诗的点睛之笔，诗人以紫薇花作为赠礼，既表达了对方伯高洁品质的赞美，又巧妙地借用了“紫薇郎”的称谓，与方伯的身份相呼应，使得诗歌的意境更加深远，情感更加真挚。

整首诗通过细腻的笔触描绘了赠予紫薇花的情景，并巧妙地融合了自然美与人文情感，既展现了诗人高雅的审美情趣，又蕴含了对友人深厚的情谊与美好祝愿。在字里行间透露出诗人对于友谊、尊崇与自然和谐共生的深刻理解与向往。

皇甫涍

皇甫涍（1497—1546 年），字子安，别号少玄，出生于长洲（今属苏州），明代著名的文学家。作为苏州府的诸生，他在嘉靖十一年（1532 年）考中进士，随后被任命为工部主事，并最终升迁至浙江按察使佥事。皇甫涍以好学和精于诗歌而闻名，与他的兄弟皇甫冲、皇甫汸、皇甫濂一同被誉为“皇甫四杰”。他的著作包括《春秋书法纪原》《续高士传》以及《皇甫少玄集》和《皇甫少玄外集》等。

紫薇花行（有序）

英菲窈窕绿窗前，艳影扶疏翠帍连。
玉衡含照妍华夕，金风弄彩泬寥天。
流风逝水惊离索，十载幽栖对花萼。
无情羁宦却归来，有客伤秋叹荣落。
兰宫桂殿凤凰楼，帝台仙客恣攀游。
可堪残月鲈江梦，不奈连云骑省秋。
言追渔父赋归欤，寂寞蓬蒿掩敝庐。
旖旎繁英重入赋，婆娑生意最愁余。
人情感物多惆怅，白发红颜两相向。
东篱并就菊松姿，北山岂孤猿鹤望。
青葱摛藻记甘泉，潘陆春华此弃捐。
未忘温室琼瑶树，虚拟湘源杜若篇。

释义

在绿色的窗前，美丽的淑女亭亭玉立，她那艳丽的影子和疏朗的翠影交相辉映。月亮含着清光，照耀着美丽的花朵，秋风玩弄着清辉，使得天空澄澈明净。流风逝水，时光飞逝，十年间她幽居在花萼楼中，忍受着孤独和寂寞。无奈中被羁留在官场中，伤感秋天的流逝，感叹着荣枯的更迭。在兰宫桂殿和凤凰楼中，有帝王的仙客恣意地游玩。可堪忍受的是在鲈鱼江上做着残月之梦，不能忍受的是连绵的云彩遮住了骑省的秋天。言谈之间追忆起渔父的归去，寂寞的蓬蒿遮掩着破旧的房屋。重新写下了繁华的辞藻，婆娑的生意最令人惆怅。人的情感总是令人惆怅，白发和红颜总是相互对立。东篱下菊花和松树姿容优美，北山岂能辜负了猿和鹤的期望。青葱的文采像甘泉一样美丽，潘陆的春天和鲜花都被抛弃了。没有忘记温室中的琼瑶树，虚拟的湘源杜若篇令人向往。

鉴赏

全诗结构谨严，用语典雅，用典极丰，层次分明，表达了诗人对人生、历史的独特感受。

“英菲窈窕绿窗前，艳影扶疏翠虍连”，这两句描写的是美丽的女孩子们在绿窗前翩翩起舞，舞姿优雅。通过描绘女孩子们的舞姿和身姿，诗人成功地展现了她们的优雅和美丽。

“玉衡含照妍华夕，金风弄彩泬寥天”，这两句诗运用了丰富的意象和比喻，描绘了美丽的夕阳和天空。通过这些比喻，诗人成功地营造出一种美丽而宁静的氛围。

“流风逝水惊离索，十载幽栖对花萼”，这两句诗表达了诗人对离别的感慨和对过去的回忆。通过描绘离别和回忆，诗人成功地表达了对过去时光的怀念和对未来的思考。

“无情羁宦却归来，有客伤秋叹荣落”，这两句诗表达了诗人对宦海浮沉的无奈和对人生荣辱的感慨。通过描绘羁宦和伤秋，诗人成功地表达了对人生的思考和对社会的批判。

“兰宫桂殿凤凰楼，帝台仙客恣攀游”，这两句诗描绘了宫殿和楼阁的美丽，通过描绘宫殿和楼阁的壮丽，诗人成功地展现了古代社会的繁华和奢侈。

“可堪残月鲈江梦，不奈连云骑省秋”，这两句诗表达了诗人对人生无常和世事变迁的感慨。通过描绘残月和秋景，诗人成功地表达了对人生和社会的思考。

“言追渔父赋归欤，寂寞蓬蒿掩敝庐”，这两句诗表达了诗人对隐居生活的向往和对官场生活的厌倦。通过描绘渔父和蓬蒿，诗人成功地表达了对自由生活的渴望和对官场生活的批判。

“旖旎繁英重入赋，婆娑生意最愁余”，这两句诗表达了诗人对生命短暂和人生无常的感慨。通过描绘繁英和婆娑，诗人成功地表达了对生命的思考和对人生的感慨。

“人情感物多惆怅，白发红颜两相向”，这两句诗表达了诗人对人生易老和世事无常的感慨。通过描绘白发和红颜，诗人成功地表达了对生命的思考和对人生的感慨。

“东篱并就菊松姿，北山岂孤猿鹤望”，这两句诗通过描绘东篱和北山，成功地表达了诗人对自由生活的渴望和对自然之美的欣赏。

“青葱摘藻记甘泉，潘陆春华此弃捐”，这两句诗表达了诗人对文学才华被埋没的遗憾和对现实的无奈。通过描绘青葱和春华，诗人成功地表达了对文学才华的思考和对现实的批判。

“未忘温室琼瑶树，虚拟湘源杜若篇”，这两句诗表达了诗人对美好事物的怀念和对未来的憧憬。通过描绘温室和湘源，诗人成功地表达了对美好事物的向往和对未来的期待。

朱权

朱权(1378—1448年)，男，汉族，出生于南直隶应天府上元县(今江苏省南京市)，是明太祖朱元璋的第十七个儿子。1391年，朱权封为宁王，封地在大宁(今内蒙古宁城县)。1393年，他前往封地就任。但在1399年，朱权被朱棣挟持，卷入“靖难之役”。永乐元年(1403年)，朱权的封地迁至南昌。他有多个别号，如臞仙、涵虚子、丹丘先生，一生创作了大约70部作品，其中30部流传至今。正统十三年(1448年)九月十五日去世，享年71岁，谥号“献”，后人称其为宁献王。

宫词·曲阑开遍紫薇花

曲阑① 开遍紫薇花，晓日曈昽映彩霞。

几处笙歌鸣别院，不知圣御在谁家。

注释

①曲阑：曲折的栏杆。阑：通“栏”，栏杆。

释义

曲形栏杆里盛开着茂密的紫薇花，晨曦的阳光照着美丽的彩霞。几处笙歌从别院传来，却不知道皇帝去了谁家。

鉴赏

紫薇又称“百日红”，是少见的夏季开花灌木。这里写的是夏季清晨的景色。太阳初升，透过云层的霞光洒在紫薇花上，使紫薇花更显娇艳。曲栏与紫薇花相互映衬，形成了一幅美丽的画面。

“几处笙歌鸣别院，不知圣御在谁家”，笙歌，指的是吹笙伴歌之声。别院，指另外的庭院或房屋。这里说的是几处笙歌声音从别的庭院传出，增添了清晨的热闹气氛。圣御，指皇帝或皇宫。这里用的是疑问的语气，表达了诗人对皇帝行踪的好奇和关心。

这首诗的优点在于画面感强：诗人通过曲栏、紫薇花、晓日、彩霞等意象，构建了一幅生动的夏日清晨画面，使人仿佛置身其中。情感丰富：通过描写景色的美和笙歌的热闹，诗人表达了对生活的热爱和好奇。而“不知圣御在谁家”则流露出对皇帝行踪的好奇和关心，丰富了诗的情感内涵。语言优美：整首诗语言简洁明了，用词精准，读起来朗朗上口，给人留下深刻印象。

张天赋

张天赋（1488—1555 年），字汝德，号叶冈，别称爱梅道人，兴宁人。年轻时才华出众，成为湛甘泉弟子，专研性命之学。嘉靖十一年（1532 年）成为贡生，受到县令祝枝山赞赏。张天赋在崇正书院教书，三次修订县志，并编纂《广东通志》与《武宗实录》。他通过拔贡的方式担任了浏阳市丞，代理县事。后来因病请求归乡。张天赋享年六十七岁，著有《叶冈诗集》四卷，他的诗歌作品，也以此为主要的参考版本。清咸丰年间的《兴宁县志》卷九中可以找到相关记载。

老街八景（今存五首）·其四·紫薇行署

曾展丝纶阁①不才，九重②分命带春来。
黄昏独坐谁为伴，花影重重覆绿苔。

注释

①丝纶阁：古代指皇帝处理政务、颁布诏令的地方，这里借指诗人曾任职的朝廷机构。②九重：指皇宫，因宫殿重重叠叠，故有此称。

释义

昔日我曾在丝纶阁中展现才华，随着皇命降临，我带着春天的气息（希望）被分配到这紫薇行署。黄昏时分，孤独地坐着，没有谁来陪伴，只有花影重重地覆盖在绿苔上。

鉴赏

这首诗写的是作者在丝纶阁任职时，虽然有才华，但未得到重用，而今皇帝的命令带来春天的气息，让他有机会施展才华。诗人黄昏时分独自静坐，空荡荡的丝纶阁没有他人相伴，只有花影和青苔伴着他。诗人运用了生动的意象和细腻的描写，表达了自己内心的孤独和寂寞，同时也暗示着才华未得到赏识的遗憾和失落。诗歌的语言简练优美，富有感染力。通过对丝纶阁、花影、绿苔等自然景物的描绘，表现了诗人内心的感受和思考。

王穉登

王穉登（1535—1612年），字百谷、伯谷、伯固，号松坛道士，江苏江阴人，后移居苏州长洲（今江苏苏州）人（一说吴郡人）。明代后期诗人、文学家、书法家。王穉登精通书法，擅长篆书、隶书、行书和草书，著有《吴社编》《金昌集》《国朝吴郡丹青志》等作品。王世贞对王穉登高度评价："故相国袁公以文显重嘉靖末，然生贵甚鲜可，而独才吾吴人王百谷于国士少双，百谷坐袁公广坐中，无所不睥睨。"

平望夜泊四首·店傍[①]栽紫薇

店傍栽紫薇，颜色斗江霞。
我家庭下树，归日正开花。

注释

①傍：靠近、临近，表示紫薇树被种植在店铺旁边。

释义

店旁栽种着紫薇树，与江上的霞光争艳斗色。我家的紫薇树，回家时正好开花。

鉴赏

"店傍栽紫薇，颜色斗江霞"，靠店铺的地方种着紫薇花，其鲜艳的颜色与江上傍晚的霞光争艳斗丽。"店傍""江霞"，点明"江楼夕望"的时间、地点。在"江楼夕望"的环境中，有店靠着的紫薇花，有江上的霞光，这是色彩斑斓的景象。"斗"字，生动而传神地描绘出紫薇花与晚霞相辉映的绚丽多彩的画面。

"我家庭下树，归日正开花"，家中的紫薇树正值盛开之际，我要归去日日观赏。"我家庭下"（对紫薇花的亲切称呼），用一个"我"字拉近了诗人与紫薇花的关系，感情非常自然。“归日”，点明观赏花的时间是归家的日子里，“正开花”，点明紫薇花正在盛开的季节。

高濂

高濂（生卒年不详），字深甫，号瑞南道人，钱塘（今浙江杭州）人，是明代著名的养生学家、藏书家，以及戏曲作家，以戏曲作品闻名于世。他出生于嘉靖初年，主要活动于万历时期。高濂曾担任北京鸿胪寺官职，后选择隐居于西湖。他不仅擅长诗文创作，还精通医理，并且在养生方面有独到的见解。所著剧本作品有《玉簪记》和《节孝记》，诗文集有《雅尚斋诗草二集》和《芳芷栖词》，而他的养生著作《遵生八笺》被认为是中国古代养生学的巅峰之作。此外，高濂还有《牡丹花谱》和《兰谱》等作品流传于世。

更漏子·紫薇

倚南风，开长日。占炎蒸三月力。
笼浅碧，荡深红。星垣①名与同。
泛远香，延凉月。雨时行飘绛雪。
栽上苑，伴朱衣②。草诏凤凰池。

注释

①星垣：天上的星座。②朱衣：红色官服，古代官员的服饰。

释义

迎着南风，迎来长长的白昼。在炎热的夏季里，也显得特别清幽。紫薇花叶茂密，浅绿色的叶子笼罩在紫薇花周围，深红色的花瓣在微风中摇曳，与天上的星垣（星座）齐名。紫薇花散发着清香，在夜晚的凉月下依然绽放，香气四溢。在雨中，紫薇花瓣如红雪般飘落。栽植在御苑里，与穿着红色官服的官员相伴，它甚至可能被用于起草圣旨的场合，在凤凰池畔，彰显着它的高贵。

鉴赏

“倚南风，开长日。占炎蒸三月力”，词一开始，就点明了时令。倚仗着南风的吹送，太阳得以长天照射大地。南风在这里起到了决定性的作用。炎炎蒸腾的暑热，被及时赶到的南风吹散。词人并没有罗列火伞高张、汗流浃背等烘托夏天暑热的熟语，只是淡淡地写出“炎蒸三月”，而夏天独有的闷热之感已然在读者心头形成。“笼浅碧，荡深红”二句，通过对比浅绿色叶子与深红色花瓣的色彩，形象地描绘了紫薇花的美丽与娇艳。“星垣名与同”一句，则以天上的星座作为比喻，进一步强调了紫薇花的璀璨夺目与高贵气质。

“泛远香，迎凉月。雨时行飘绛雪”三句，不但写出了紫薇由盛而衰的过程，而且通过时令的变化、气象的转换写出了紫薇花的馨香之味、高洁之质。“泛远香”写的是初开时对幽幽花香的远播传送，“迎凉月”写的是月圆时对冷辉的相与迎纳。“雨时行飘绛雪”，则是以雨打风吹、花落似雪的笔法，写紫薇花开之后的情景。就这样，在阵阵幽香、冷月、轻雨和飞雪之中，紫薇以其独有的风味和特质，或香艳盛开，或凋零飘落，给人们带来了丰富而不同的审美感受。“栽上苑，伴朱衣”二句，将紫薇进一步推向了高雅显贵之境。“上苑”指皇帝所居住的宫苑。“朱衣”指宫中人所穿的红色官服。“草诏凤凰池。”凤凰池是中书省所在地，中书省是草拟皇帝诏令的地方，所以这里用以指代朝廷。这最后一句的意思是紫薇可以作为朝廷中起草诏书的官员们清雅的伴侣。总的来看，这首词句法平易而有含蓄蕴藉之处。如“笼浅碧，荡深红”和“泛远香，迎凉月”等句，都是十分含蓄且有深意的写法。

邵宝

邵宝（1460—1527年），字国贤，号二泉，江苏无锡人，明朝内阁首辅李东阳的门生。明朝成化二十年（1484年）考中进士，官至南京礼部尚书，卒赠太子太保，谥文庄。邵宝师从洛学、闽学，曾说：“吾愿为真士大夫，不愿为假道学。”在参加南京乡试时，为李东阳所赏识。创作诗文的风格庄重而和谐，深受李东阳的影响。至于对经典的研究，完全出自自身的理解和领悟。他广泛涉猎各类文献，每当有所领悟便记录在竹简上，这是受到程子“日日新，又日新”的启发，他将这些命名为“日格子”。他的著作包括《学史》和《简端二录》，这些作品被巡抚吴廷举呈献给了朝廷。除此之外，他还著有《定性书说》《漕政举要》等多卷作品，学术界尊称他为二泉先生。

紫薇花

簇簇繁缨[1]色，谁教媚早秋。

省臣[2]今白首，还忆浙中楼。

注释

①繁缨:纷繁的缨,此指马缨,比喻环绕的美果。②省臣:指在朝为官的友人。

释义

在初秋的阳光下,那一树树繁花似锦、色彩斑斓的景象,是谁的巧手编织出这般迷人的画面,让早秋的时光变得如此娇媚动人?如今,身为省臣的白发老者,回首往事,心中依然怀念着当年在浙江的那座高楼。

鉴赏

此诗一、二两句写簇簇红果艳丽,招人喜爱,当此秋风渐起之时,这早熟之果却无人采摘,无情抛掷。以喻作者才华出众,而身处下位,无人赏识,被弃置不用。红果早熟,为的是随了春风之力,但当此即将落地之时,仍然无人采摘,倍感冷落。三四句写自己已届白首,回忆往事,如历历在目:当年与友人同在朝中为官,曾同登浙中名楼,令人眷念难忘。全诗比喻新巧,咏物与寓意浑然一体。

于谦

于谦(1398—1457年),字廷益,号节庵,浙江杭州人,明朝军事、政治人物及民族英雄。

永乐十九年(1421年),于谦中进士。宣德元年(1426年),他以御史身份助宣宗平汉王朱高煦叛乱,受到宣宗赏识。后任河南、山西巡抚。宣德五年(1430年),以兵部右侍郎身份,对两地进行巡视和安抚。在明英宗统治下,于谦因拒绝向王振行贿,遭到恶意陷害,不幸被捕入狱。后在民众、官员、藩王的请求下复职。土木堡之变后,英宗被俘,反对南迁,被提升为兵部尚书。明代宗即位,于谦整顿军备,部署防御,亲自指挥。他率二十二万军布阵北京九门外,抵御瓦剌。瓦剌太师以英宗为筹码,于谦以"社稷为重,君为轻"拒绝和谈。瓦剌太师见无可乘之机,最终释放了英宗。朝廷因功加封于谦为"少保",总督军务,世称"于少保"。和瓦剌和议后,于谦仍积极备战,精选京军精锐,分编十团营严格训练,并派军驻守边关,保障边境安全。在政务繁重时,他独立负责征调军队,决策得当。他命令明确、审慎,确保政令畅通。于谦全心为国,勤勉工作,不自夸,生活简朴。但其刚直性格引起他人嫉妒和怨恨。

天顺元年(1457年),英宗复辟,大将石亨等人对忠臣于谦进行了恶意的诬陷,声称他密谋拥立襄王之子,导致他蒙冤受难。明宪宗时期,于谦得以恢复官职并受赐祭祀。弘治二年(1489年),他被追谥为"肃愍"。到了明神宗时期,谥号改为“忠肃”。于谦的著作《于忠肃集》流传至今。《明史》高度评价其“忠诚与义烈，堪与日月争辉”。他与岳飞、张煌言并驾齐驱，被誉为“西湖三杰”。

薇垣春晓为山西王大参赋

漏渴①铜龙报晓衙，月钩犹在紫薇花。
分藩任重数千里，化笔春回百万家。
香爇②雕盘笼睡鸭③，镫④辉青琐散栖鸦。
相看旦气清如水，坐待金乌出海霞。

释义

①漏渴：应为“漏刻”，古代计时之器，用水滴以计时。此处借指时间流逝。②香爇（ruò）：点燃香料。③笼睡鸭：即香鸭炉。④镫（灯）：此处指灯火。

释义

这首诗描绘了一个官署的清晨景象，铜龙漏刻在报时，月牙还挂在紫薇花上。官员分守数千里之地，用他的文笔给百万人带去春天般的温暖。香炉里的烟袅袅缭绕，宛如笼置睡鸭，灯光照耀着青色琐窗，惊起了栖息的乌鸦。清晨的空气清新如水，官员们静静等待太阳从海上升起，照亮整个世界。这首诗表达了官员们勤政爱民、恪尽职守的情怀，同时也展现了他们对美好生活的向往和对大自然的敬畏。通过描绘官署的清晨景象，诗人表达了对官员们辛勤工作的赞美和对他们无私奉献精神的敬仰。总之，这首诗以生动的语言和丰富的意象，表达了对官员们的赞美和对美好生活的向往，同时也展现了人与自然和谐共生的理念。

鉴赏

这首诗是写早晨的景色。铜龙漏，古代一种报时器，以铜为龙，压水节时刻度。“漏渴铜龙报晓衙”，早晨时间到了，铜龙吐水声中，更夫击鼓报时、声声催人。此时月牙还挂在紫薇花上，月下晨曦初露，花影重重，斑驳难眠。“月钩犹在紫薇花”，一个“犹”字，说明天亮不久，春夜正长。这两句写出了时间的特点：已是黎明时分，人们还未起床。“分藩任重数千里，化笔春回百万家”，诗人自谓肩负重任，要为地方百姓造福。“化笔”，化生之笔。谓为百姓造福全靠为官者。春天已经来临，“春回大地”，用温暖的春风吹拂着千家万户。这是对美好生活的祝愿和期望，也是对为官者的自勉和鞭策。“春回百万家”，也含有皇恩普惠无边的颂扬之意。“香爇雕盘笼睡鸭，镫辉青琐散栖鸦。”这两句写早晨点燃的香料在精美的盘子里缓缓升腾，袅袅的烟雾不断缭绕着鸭型香炉；夜里不熄的灯火照着官署旁边的树木，归巢栖息的乌鸦散落在树木之间。这里写香烟、灯光，是为了突出官署以香烟、灯火长明不熄作为对“漏”的标志。官署香炉不断燃着香料，供奉祭祀不断进行着；官署灯火长明不熄，万籁俱寂，只有栖鸦不时地从官署墙飞过。“青琐”，本指汉未央宫青琐门，后亦泛指宫门。“栖鸦”，唐刘禹锡《秋日有感》有“寒鸦飞尽水悠悠”句。这里用“栖鸦”一词既与前面的“铜龙”相呼应，暗指铜龙漏夜鸣，时光很晚之意，又隐含诗人因深夜未眠感慨万千。香炉、灯火，烟雾缭绕、点点归鸦，以静寂之景衬夜深人静，“漏渴铜龙报晓衙”又点出黎明的到来。这两句写景极美，用字极精。“爇”“辉”二字用得极准确生动传神，“香”“火”互文见义。一“笼”字则说明香烟不是直冲霄汉而是慢慢升腾，缓缓扩散；“辉”本就有照的意思，“镫”与“辉”相接，“辉”就又具有动词功能，与上句“爇”相对应。清晨静寂中又见动感：铜龙滴水声声催人，香烟袅袅不断升腾，灯光不熄处处明亮，乌鸦飞散点点声响——这些动感的意象又与前面的“月钩犹在紫薇花”的静美相对应。动静相衬，以动衬静，更显其静。“漏渴铜龙报晓衙，月钩犹在紫薇花”，从时间角度写出了早晨的特点；“分藩任重数千里，化笔春回百万家”，从空间角度写出了早晨的特点；而“香爇雕盘笼睡鸭，镫辉青琐散栖鸦”，则从色彩角度写出了早晨的特点。“相看旦气清如水，坐待金乌出海霞”诗人描绘了清晨的美景之后又反过来写自己在此美景中的感受。“相看旦气清如水”，是写诗人观赏美景时的感受：清晨空气清新宜人(这是夸张手法，“清如水”就给人以新奇之感)，万里晴空无云烟。“坐待金乌出海霞”，金乌即太阳，这里是说诗人坐在那里静静地等待太阳从海上升起，把满天的云霞染得如诗如画般美丽醉人。“坐待”说明诗人等待很急切，这与前面的“漏渴铜龙报晓衙”相呼应。“金乌出海霞”与上文的“月钩犹在紫薇花”相映成趣：一写日出东方；一写月落西天。而“坐待金乌出海霞”又与上文的“漏渴铜龙报晓衙”相呼应：日出东方时分催人起床的鼓声早已敲响多时。

顾　璘

顾璘(1476—1545年)，明代著名政治家、文学家，字华玉，号东桥居士，长洲(今江苏吴县)人。他早年进士及第，历任广平知县、开封知府、台州知府等职，政绩显著，尤以在台州期间深得民心。后升至山西按察使、浙江布政使、都察院右副都御史等职，因希望归家奉养亲人而多次辞官。他擅长诗文，著有《浮湘集》等，是明代“弘治十才子”和“金陵四大家”之一，对当时文学有重要影响。嘉靖二十四年(1545年)去世，享年七十岁。

学舍见紫薇花

学宫古苔满阴壁，一株紫薇当户①新。

矜持幽意故远俗，点缀秋光时近人。

注释

①当户：正对着门户。

释义

在古老的学宫中，阴暗的墙壁上长满了苔藓，而在门前却有一株刚刚绽放的紫薇花，显得格外新鲜和引人注目。这株紫薇端庄稳重，蕴含着深远的意境和情感，因此远离了世俗的喧嚣。它装饰着秋天的景色，时常让人感到亲近和亲切。

鉴赏

这首诗描绘了一个古老学宫的景象，学宫的墙壁上长满了苔藓，显得阴暗而古老。然而，就在这个环境中，一株紫薇花却新鲜绽放，当户而立。这株紫薇花矜持而高傲，散发出深邃的幽意，仿佛远离了世俗的繁杂，只是为了点缀秋天的景色。它的美丽和姿态让人感受到它的与众不同，也让人不禁感慨，这样的景象既古老又新鲜，既幽静又亲近。这首诗通过描绘紫薇花和学宫的对比，表达了一种对美的追求和对历史的感慨。紫薇花的出现，让这个古老的学宫焕发出了新的生机和活力，也让人对历史和自然的关系有了更深的思考。同时，这首诗也展现了作者对秋天的热爱和赞美，以及对美的执着追求。

释良琦

释良琦，字元璞，明代江苏苏州人，原为儒家子弟，后出家为僧，拒任僧官，以孝养母亲著称。他既究禅理，兼通儒学，亦能诗文，与顾瑛等文人交游甚密，其生平事迹在《姑苏志》《列朝诗集小传》等文献中有所记载，是元末明初一位兼具禅学造诣与文学才华的诗僧。

秋华亭檇李鲜于伯几篆颜

片玉山西境绝偏，秋华亭子最清妍。

三峰秀割昆仑石，一沼深通渤澥[①]渊。
鹦鹉隔窗留客语，芙容映水使人怜。
桂丛旧赋淮南隐，雪夜尝回剡曲[②]船。
北海樽中常潋滟，东山席上有婵娟。
紫薇花照银瓶酒，玉树人调锦瑟弦。
醉过竹间风乍起，吟行梧下月初悬。
一声白鹤随归珮，何处重寻小有天。

注释

①渤澥：渤海的古称。②剡曲：地名，位于今浙江省绍兴市嵊州市境内，以产竹和茶叶闻名。在诗词中，剡曲常用来指代文人雅士的隐居之地或游览胜地。

释义

在片玉山那偏远而独特的西边之境，秋华亭子以其清新妍丽之姿最为出众。三座山峰挺拔如昆仑之石，秀美绝伦，一池深潭与遥远的渤海相通，深邃莫测。鹦鹉隔着窗户，仿佛在与客人交谈，挽留他们的脚步，芙蓉花倒映在水中，更添几分娇怜之态。我曾在淮南之地写下关于桂丛的隐逸之赋，也曾在雪夜中，乘着剡曲的小船归家。北海的酒杯中总是美酒潋滟，东山的宴席上有美女婵娟相伴。紫薇花与银瓶酒相映成趣，玉树临风的人弹奏着锦瑟琴弦。醉后漫步在竹林间，微风轻轻吹拂，吟诗行走于梧桐树下，新月高悬天际。一声白鹤的鸣叫伴随着归去的玉佩声，何处还能再寻到这样如仙境般的小天地呢？

鉴赏

“片玉山西境绝偏”点明了地理位置的偏远与独特，为全诗铺设了一层神秘而清幽的背景。随后，“秋华亭子最清妍”一句，则将读者的视线引向了一个具体的景点——秋华亭子，并以其清新妍丽的姿态，勾勒出了整个场景的基调。

“三峰秀割昆仑石，一沼深通渤澥渊”两句，诗人运用了夸张的手法，将三峰比作从昆仑山割下的巨石，一沼则与遥远的渤海相通，既展现了自然景观的雄伟与神奇，又体现了诗人丰富的想象力和对大自然的敬畏之情。

“鹦鹉隔窗留客语，芙容映水使人怜”两句，则通过鹦鹉的鸣叫和芙蓉的倒影，为整个场景增添了几分生动与情趣。鹦鹉的留客之语，仿佛是在挽留诗人的脚步，而芙蓉的映水之姿，则更添了几分娇怜与柔美。

“桂丛旧赋淮南隐，雪夜尝回剡曲船”两句，诗人则借用了两个典故，表达了对隐逸生活的向往和对文人交往的怀念。桂丛与淮南隐，象征着文人雅士的洒脱与不羁；而雪夜回剡曲船，则让人联想到文人之间的深厚情谊和诗酒风流的雅致生活。

“北海樽中常潋滟，东山席上有婵娟”两句，则进一步描绘了文人雅集的场景。北海的酒杯中总是美酒潋滟，东山的宴席上有美女婵娟相伴，这样的生活场景既奢华又惬意，展现了文人生活的另一面。

“紫薇花照银瓶酒，玉树人调锦瑟弦”两句，诗人则通过紫薇花与银瓶酒的相映成趣，以及玉树临风的人弹奏着锦瑟琴弦的场景，将自然美景与人文情感巧妙地结合在一起，营造出一种和谐而美好的氛围。在夏季的酷暑中，紫薇花傲然绽放，展现出其独特的生命力和魅力。这种坚韧不拔的精神，正是诗人所追求和赞美的。而紫薇花的高雅之姿，则与诗人所向往的文人生活相契合，成了他表达情感与追求理想的重要象征。

最后，“醉过竹间风乍起，吟行梧下月初悬。一声白鹤随归珮，何处重寻小有天”四句，诗人则以自己醉后的感受与景物的描绘作结，表达了对自然美景的热爱与陶醉，以及对逝去时光的怀念和对美好景致的留恋。白鹤的鸣叫伴随着归去的玉佩声，仿佛是在诉说着一种难以言喻的哀愁与眷恋。

整首诗通过丰富的意象和生动的描绘，展现了诗人对自然美景的热爱、对文人生活的向往以及对逝去时光的怀念。诗中既有对自然景致的赞美，也有对人文情感的抒发，充满了诗意与美感。同时，诗人还巧妙地运用典故和象征手法，使整首诗更加含蓄而深邃，让人在品味中感受到一种独特的韵味和意境。

徐熥

徐熥（1561—1599），字惟和，别字调侯，出生于福建闽县（今福建福州）。他是明朝的一位诗人，以其词采著称。在万历十六年（1588 年）徐熥中举人。他的文学才华得到了广泛的认可，与弟弟一同被誉为才子。徐熥不仅是一位杰出的诗人，还热衷于藏书和校勘图书，与他人共建了红雨楼、绿玉斋和南损楼等藏书场所。他在福州鳌峰坊的这些藏书之处，专门用于收藏和整理闽地的文献资料。

徐熥的生活并不富裕，但他乐善好施，经常接济他人，因此获得了“穷孟尝”的美誉。他的诗歌风格自成一派，尤其以七言绝句见长。他的作品包括《幔亭集》《晋安风雅》和《陈金凤外传》等。《幔亭集》是他的一部重要诗集，收录了他的诗作 10 卷，《晋安风雅》则是他对闽人历代诗歌的汇编，而《陈金凤外传》是一部小说作品。徐熥生活在明神宗万历年间，享年大约 39 岁。在他去世后，他被祀于高贤祠，以此纪念他对文化事业的贡献。他的诗歌深受后人喜爱，特别是他的七言绝句，被认为是清代著名诗人朱彝尊所称道的“声谐调畅，情至之语”，能够给人带来强烈的情感共鸣。

秋夜同颜廷愉黎廷彬二将军王元直秀才观微上人兴公舍弟集邓道鸣阃帅行署赋得紫薇夜漏同用花字

虚堂良会①寂无哗，忽听谯楼②鼓乱③挝。
响入招提④随断磬，声传睥睨杂悲笳⑤。
共占此地星文聚，莫问中宵斗柄斜。
滴尽铜壶天似水，月光初转紫薇花。

注释

①良会：友好的聚会。②谯楼：指城楼或寺庙中的钟鼓楼。③鼓乱：鼓声杂乱无章。④招提：寺庙。⑤悲笳：悲伤的胡笳声。

释义

在空旷的厅堂里，一场友好的聚会正在进行，周围一片寂静，突然，城楼上的鼓声响起，打破了这份宁静。鼓声与寺庙的磬声，城楼上传来的悲伤胡笳声交织在一起，形成了一种独特的氛围。人们聚集在这里，共同关注着天象的变化，而忽略了时间的流逝。随着铜壶里的水慢慢滴尽，天空变得更加清澈透明，月光刚刚照亮了盛开的紫薇花，为这个夜晚增添了一份神秘和美丽的色彩。

鉴赏

首句“虚堂良会寂无哗，忽听谯楼鼓乱挝”，通过“寂无哗”与“鼓乱挝”的对比，描绘出一个从静到动、从平淡到紧张的场景。这种对比手法，不仅使画面更加鲜明，还引发了读者对后续情节的好奇。“响入招提随断磬，声传睥睨杂悲笳”，作者巧妙地利用各种声音——磬声、鼓声、笳声，构建出一个多维度的听觉空间，仿佛读者也能听到这些交织在一起的声音，增强了诗歌的立体感。“共占此地星文聚，莫问中宵斗柄斜”通过“星文聚”与“斗柄斜”的意象，表达了天人合一的思想。星星与北斗，都是天文的象征，它们的变化与人事紧密相连，寓意着天道与人事的相互影响。“滴尽铜壶天似水，月光初转紫薇花”，作者通过细腻的笔触描绘出夜晚天空的清澈与紫薇花的美丽。这里的“天似水”不仅描绘了天空的清澈透明，也暗喻了时间的流逝。而“月光初转紫薇花”则通过月光与紫薇花的互动，为读者展现了一幅夜晚花园的静谧画卷。全诗没有直接表达情感，但通过各种意象和氛围的塑造，读者可以感受到作者对人生、自然和时间的深沉思考。这种内敛而不做作的表达方式，使得诗歌的情感深度得到了提升。

综上所述，这首诗以其独特的氛围塑造、声音的层次感、天人合一的哲思、细腻的自然描绘以及情感的深度，展现了作者高超的艺术造诣和对人生与自然的独到见解。

徐渭

徐渭（1521—1593年），字文长，号天池山人、青藤道士等，浙江绍兴人，明代杰出的文学家、书画家、戏曲家、军事家。他自幼聪慧，但科举不顺，后任浙直总督胡宗宪幕僚，参与抗倭战争。胡宗宪被下狱后，徐渭精神失常，多次自杀未遂，又因误杀继妻入狱七年。晚年贫困潦倒，以卖书画为生，其艺术作品风格独特，表现出强烈的个性和对社会生活的深刻感悟，对后世影响深远。

紫薇花

紫薇易开亦易残，紫薇热客有时寒。

何如墨史将吟伯①，岁岁年年画里看。

注释

①吟伯：指擅长吟诗作赋的文人墨客。

释义

紫薇花容易开放也容易凋零，就像那些热衷于名利的人，有时会感到寒冷和孤独。相比之下，不如让记录历史的官员和擅长吟诗的文人一起，每年都在画中欣赏这美景。

鉴赏

这首诗以紫薇花为引子，引发了诗人对人生、名利和才华的思考。首先，诗人提到紫薇花“易开亦易残”，这既是对紫薇花生命周期的描述，也暗喻了人生的短暂和无常。花朵的盛开和凋谢，正如人生的辉煌和落寞，都是一种自然现象，无法避免。

接下来，诗人用“紫薇热客有时寒”来比喻那些追逐名利、热衷权势的人。他们在追逐名利的路上，有时会遭遇冷遇和困境，就像紫薇花在凋谢时一样。诗人用“热客”这个词来形容那些追逐名利的人，既表现了他们的热情和执着，也暗示了他们可能会因此而受到的冷遇和困境。

然后，诗人提出了“何如墨史将吟伯，岁岁年年画里看”的疑问。这里，“墨史”和“吟伯”都是对文人墨客的赞美之词。诗人认为，与其像追逐名利的人一样，经历人生的起伏不定，不如像文人墨客一样，通过自己的才华和作品，留下永恒的价值。这里的“岁岁年年画里看”既是对文人墨客作品的赞美，也是对他们能够留下永恒价值的肯定，作者希望通过笔墨将紫薇花的美丽永恒地记载下来，以此来寄托对时间流逝的无奈和对美好事物的珍视。

总的来说，这首诗表达了诗人对人生、名利和才华的思考。诗人认为，与追逐名利、经历起伏不定相比，留下永恒的价值更为重要。而要做到这一点，就需要像文人墨客一样，通过自己的才华和作品来实现。

黄衷

黄衷（1474—1553 年），字子和，号矩洲，别号铁桥、铁桥病叟，广东南海人，明朝著名官员、文学家。他自幼聪颖，弘治九年（1496 年）进士及第，历任南京户部主事、礼部郎中、兵部员外郎等职，后升任工部右侍郎、兵部右侍郎，政绩显著。黄衷还致力于文学创作，著有《矩洲文集》《海语》等作品，对后世影响深远。

院后紫薇四月即花

堂后薇花一两丛，晓来迎旭①见新红。
调和岂足三春雨，绰约先誇②四月风。
喜气谩传清似水，衰颜谁信过于翁。
枝头树底空相惜，送我扬旌几片东。

注释

①迎旭：指花朵向着朝阳开放，象征着生命的活力。②誇：通“夸”，赞美、夸奖。

释义

在堂屋后面有一两丛紫薇花，清晨的时候迎着朝阳盛开，绽放出新鲜的红颜。它们在三春之雨的滋润下，显得更加柔美；而在四月的春风中，更显得绰约多姿。这些紫薇花散发出的喜气让人觉得清新如水，然而又有谁能相信我已经年老色衰呢？在枝头和树底，紫薇花都相互怜惜，但它们仍然无法阻挡春风吹过，花瓣随风飘落。

鉴赏

这首诗以紫薇花为载体，表达了诗人对生命的热爱和对时光的感慨。

首先，诗人通过对紫薇花的描绘，表现了生命的活力和美丽。紫薇花在清晨开放，迎接旭日，展现出新红的花颜。在三春之雨的滋润下，紫薇花显得更加调和柔美；而在四月的春风中，它更显得绰约多姿。这些描绘表现了紫薇花的美丽和优雅，也传达出生命的活力和美丽。

其次，诗人通过紫薇花表达了对时光的感慨。尽管紫薇花看起来清纯如水，但又有一种喜气洋洋的氛围。而“衰颜”一词则表达了诗人对岁月流逝的感慨。最后两句表达了诗人对紫薇花的深厚感情，也表达了诗人对时光流逝的无奈和感慨。

总的来说，这首诗通过对紫薇花的描绘和情感的抒发，表达了诗人对生命的热爱和对时光的感慨。

园居杂兴四十三首·其八·紫薇

惯得誇明丽，曾依画省郎[①]。

几枝斜映水，浮弄紫霞光。

注释

①画省郎：唐代官名，主要负责朝廷的绘画事务。

释义

我习惯于赞美紫薇花的明丽，我的朋友曾在画省郎的位置上工作。几枝紫薇花斜映在水面，轻盈摆动，闪耀着紫色的霞光。

鉴赏

“惯得誇明丽”这句诗中的“惯得”是“习惯于”的意思，“誇”是“赞美”的意思，“明丽”用来形容景物明净而美丽。整句的意思是“已经习惯于赞美紫薇花的明丽和美丽”。

“曾依画省郎”中的“画省郎”是唐代官名，主要负责朝廷的绘画事务。这里可能是指诗人的朋友或熟人，他曾经担任过画省郎。整句的意思是“曾经在画省郎的职位上工作”。

“几枝斜映水”这句诗的意思是“几枝紫薇花斜映在水面”，给人一种清新的感觉。

“浮弄紫霞光”中的“浮弄”是轻盈地摆动的意思，“紫霞光”用来形容紫薇花散发出迷人的光彩，如同紫色的霞光一般。整句的意思是“在阳光的照射下，紫薇花散发出迷人的光彩，如同紫色的霞光一般”。

总的来说，这首诗通过对紫薇花的描绘，表现了其明艳、美丽的特点，也表达了诗人对紫薇花的赞美和喜爱之情。

第四章习题

第四章习题答案

第五章

清

陈维崧

陈维崧(1625—1682年),江苏宜兴人,字其年,号迦陵,出身名门,为明末名臣陈贞慧之子。明末清初词人。其骈文风格雄浑,备受赞誉,其诗作亦展现出深沉与壮丽。尤为突出的是他的词作,数量庞大,他的作品在清初文学史上占有重要地位。阳羡词派的创始人,与浙派词坛领袖朱彝尊齐名,并有合作出版《朱陈村词》的经历。其词作深刻反映了明末清初的社会现实,被誉为"词史",虽受辛弃疾影响,但自成一派,著有《湖海楼全集》等。

第五章彩图

定风波·紫薇花

一树曈昽[1]照画梁,莲衣相映斗红妆。才试麻姑纤鸟爪,袅袅,无风娇影自轻飏。谁凭玉阑干细语?尔汝。檀郎原是紫微郎。闻道花无红百日,难得。笑他团扇怕秋凉。

释义

①曈昽:日初出渐明貌。

释义

一棵树的影子被阳光映射在梁柱上,莲衣相互映衬出红色的妆容。刚刚试探过麻姑的细小鸟爪,袅袅婷婷,没有风也显得轻盈。谁在玉阑干旁边低声细语?是你我。檀郎原是紫微郎。听说花没有百日红,很难得。嘲笑那团扇害怕秋天的凉意。

鉴赏

此词上片写景，下片以“谁凭玉阑干细语”一句，将小扇及其主人全部推出，在“尔汝”声中，展现出一位女子形象。第二句初始，通过描写人的声音来侧面描写是位女子，由“尔汝”之称到“檀郎”之呼，在口吻和称谓的变化中，写出了时间之推移和女子之心情转深。“原是紫微郎”，一方面点明其“郎”的身份，另一方面则暗用了两个典故。一指古称郎官星宿高显则贵，而紫微星为众星之首，这里特指朝廷中的宰相。二指《京本通俗小说·碾玉观音》中人物崔宁，其曾受封紫微郎。“闻道花无红百日，难得”，这是写女子的惋惜之语，暗用了李贺《将进酒》中的“况是青春日将暮，桃花乱落如红雨”的寓意。下面一句“笑他团扇怕秋凉”，则总括前文，在女子百转千回的惋惜和追悔中，以自嘲的口吻，抒写出其复杂的心情。在以秋凉团扇讥笑其人之失意时，也含有自叹身世之意。

许传霈

许传霈，清道光二十三年(1844 年)生。字子醴，号竹雨、慕园，上虞人。宦游杭州等地。曾为东阳乡试考官(《一诚斋诗集》中有《襄校东阳县试卷事竣柬梓材》)，嗜篆刻、擅金石考据，有诗名。尝与汪苇塘、施衡甫(继常，曾考证汉三老碑出土地)诸公结诗社，唱和不断，一时风流。《一诚斋诗存》作为许传霈的诗歌作品集，不仅记录了他的个人情感和人生经历，也反映了当时社会的风貌和人民的情感。精心编纂地方史志《海宁州志稿》，为后人了解海宁的历史和文化提供了宝贵的资料。

咏洛翘庭中紫薇花用前榴花诗韵

玉堂声价上青云，何幸清斋话夕曛。
霞粲深红连绛幄，烟笼浅碧衬罗裙。
凉归高树留题健，坐对黄昏结屋勤。
漫道①元微之不作②，惜花今日③又逢君。

注释

①漫道：莫说、别说。②不作：不兴起；不兴盛。③今日：目前、现在。

释义

玉堂中的声价高得直上青云，我多么幸运地和你这个清心寡欲的人在夕阳下交谈。晚霞灿烂，深红色的霞光连绵不断，像绛红色的帷幕；烟雾笼罩，浅绿色的烟雾衬托着罗裙。凉风吹来，高树上的题字显得更加雄健有力；坐下来面对黄昏，建造房屋的人工作勤快。人们常说他微不足道，毫无作为，但我却在今天珍惜与你的重逢。

鉴赏

"玉堂声价上青云，何幸清斋话夕曛。"玉堂是翰林院的别称，此言贾岛的诗名高上青云，地位可谓十分显赫了。而许传霈自谓，很荣幸有空闲的日子与贾岛清谈至黄昏时分。"清斋"是佛教用语，谓纯洁无邪。如《后汉书·西域传》："其国俗有室屋、蓄产、饮食、男女、欲相和会，则共议掩畜，名为'清斋'。"许传霈自谓喜欢清谈，与贾岛相谈甚欢。"霞粲深红连绛幄，烟笼浅碧衬罗裙。"此二句乃描写贾岛之女之容貌。"霞粲"形容女子面容艳丽如红霞，"绛幄"本指红色的帐幕，此比喻女子红润的肤色。"烟笼浅碧"形容女子的皮肤非常白皙。"衬"是映衬的意思，"罗裙"即绸裙，这里比喻女子衣着华丽。此二句以景物来映衬女子的美丽，又承上句写贾岛之女的"清斋"，即纯洁无邪。两句合起来，描写出贾岛之女的美貌和纯洁。"凉归高树留题健，坐对黄昏结屋勤。"此二句写贾岛之女高洁的品行。"凉归高树"是说她所居之处高雅清静，无人打扰。"留题健"是指她经常在树上题诗，表达自己的高洁志向。"坐对黄昏"是说她面对着黄昏时刻的景色，默默地坐着思考问题。"结屋勤"是指她勤劳地建筑房屋，表现出她的勤奋和坚韧。两句合起来，描绘出贾岛之女的高洁品行和勤奋精神。"漫道元微之不作，惜花今日又逢君。"此二句是许传霈对贾岛之女的赞美和惋惜之情。元微之即元稹，是唐代著名的诗人、文学家，与白居易齐名，并称"元白"。但元稹在写《西厢记》时却未能给贾岛之女留下一个好的结局，让人们感到十分惋惜。

叶方蔼

叶方蔼（1629—1682年），字子吉，号讱庵，江苏昆山人，清初官吏、学者。顺治十六年（1659年）考中进士，随后历任多个官职，包括翰林院编修、侍讲学士、侍读学士、礼部侍郎、刑部侍郎。留有《读书斋偶存稿》《叶文敏公集》《独赏集》等著作。

上林署中紫薇一株花开特茂

念尔非凡种，缘谁谪堕来。
亦知颜色好，却背艳阳开。
影弱依书幌，枝低亚酒杯。
托根同失地，欲去更徘徊。

释义

想到你不是一般的品种，是谁让你降落人间。也知道你色彩艳丽，却背对着艳阳开放。你影子轻轻依偎在书窗上，枝条低低地垂向酒杯。同那些失地的人一样扎根在这片土地上，在即将离去时还犹豫徘徊。

鉴赏

开头两句表达了一种强烈的感慨和疑问。作者通过此句，感叹眼前之人并非平庸之辈，而是在某种“因缘”下被贬谪、遭遇困境，揭示了命运的无常与人生的曲折，表达了对非凡人物遭遇的惋惜和对命运波折的质疑。

第三、四句通过鲜明的对比与象征，表达了对一个非凡人物命运的深刻惋惜和反思。它揭示了尽管人们拥有出色的条件与潜力，命运却未必会公平待之，反而可能让人走向困境。整句诗反映了命运的捉弄与人生的无常，充满哲理性，引人深思。

第五、六句从形象转到另一方面。“影弱依书幌”“弱”字状其体质之羸弱，“依”字写其立身之低微。“枝低亚酒杯”意思是说她像一株柔弱的低垂的枝条，只能依傍书幌而生活，却不能高凌云天傲然挺立；她像一杯薄酒那样脆弱，只能屈辱地俯身低垂于酒杯之下。这就突出了她的形象特点：柔弱、低微。这一联在物象与情志的对应关系上所强调的虽非直截了当，却也相当鲜明。

结尾两句在物像与情志的对应关系上写得相当委婉含蓄。“托根同失地”意味着他们同是漂泊天涯的失意之人。“欲去更徘徊”则显然包含着不愿去而仍须去、不忍去而仍将去的矛盾交织的复杂情感。

这首诗刻画人物非常成功。全诗没有运用艰深的典故藻饰，也没有刻画英雄人物的豪迈气概。作品通过形象、环境的描写，刻画了一位品貌非凡、时运不济、低微凄苦的女道士形象。语言清新流利，明丽动人。

爱新觉罗·弘历

爱新觉罗·弘历(1711—1799年),清朝第六位皇帝,入关之后的第四位皇帝。年号"乾隆",寓意"天道昌隆"。乾隆是清代高宗年号,前后一共六十年,起止时间为公元1736年至1796年。在这期间的重要事件有大兴文字冤狱、《四库全书》的编撰等。他的诗词作品内容广泛,题材多样,涵盖自然景物、历史典故、人生哲理等多个方面。

题五代刁光胤写生花卉用宋孝宗御题韵·其八·紫薇蜻蜓

一片琉璃满意凉,绛云低拂碧波香。
蜻蜓蘸影旋成两,试问齐年谁短长。

释义

一片琉璃在满是翠绿的楼阁中,映射出一片清凉的光辉,绛色的云朵低低地掠过,轻拂着碧绿的湖面,带来了阵阵香气。蜻蜓轻轻触及湖面的倒影,旋转着飞升,一分为二。试问,在同样的年岁里,谁能决定生命的短长?

鉴赏

这首诗的意境很美,它以自然景色为背景,描绘出一幅生动的画面。首句"一片琉璃满意凉",以琉璃比喻湖面,形象描绘出湖面的晶莹剔透和清凉。"满意凉"传递出诗人对这片清凉之地的满足和欣喜。"绛云低拂碧波香",这里用绛云比喻晚霞,形象地描绘出夕阳西下时,天空中五彩斑斓的晚霞映照在碧绿的湖面上,湖水因晚霞的倒影而显得分外妖娆,伴随着淡淡的香气,使人心旷神怡。

"蜻蜓蘸影旋成两",这句诗描绘了蜻蜓在湖面低飞,轻触水面,然后又飞旋而上的场景。这里的"蘸影"形象地描绘出蜻蜓轻触水面的情景,"旋成两"则表现出蜻蜓飞旋而上的动态美。

"试问齐年谁短长",诗人以"试问齐年谁短长"结尾,寓意着对生命的思考。齐年在此处可以理解为同样的年岁或者同样的生命长度。诗人通过蜻蜓的飞舞和轻触水面,引发了对生命的思考:同样的年岁,我们该如何去度过?生命的意义是什么?

整体来说,这首诗通过生动的画面和巧妙的意象,描绘出自然的美景,同时寄托了诗人对生命的深沉思考。它不仅给人以美的享受,同时也引发人们对生命意义的思考。

题明人西山胜景书画合璧册·其十·陈淳紫薇村

治平居北紫薇南，接以长桥卧碧潭。
五步行看风景异，山阴何异镜中涵。

释义

在北方，紫薇花的南侧，有一处居所，通过一座长桥与碧绿的池塘相连。走五步，风景便截然不同，山间的景色与镜中的倒影如此相似，难以分辨。

鉴赏

这首诗描绘的是一处宁静美好的居所，位于北方紫薇的南侧，通过一座长桥与碧绿的池塘相连。诗人在这里散步，欣赏着周围独特的风景，感叹山间的景色与镜中的倒影如出一辙。

“治平居北紫薇南”，诗人首先指出自己的居所位于紫薇的南侧，这是一种典型的地理方位描述，给人以明确的空间感。

“接以长桥卧碧潭”，这里描述的是居所与池塘之间的连接方式，通过一座长桥与碧绿的池塘相连，形象地描绘出居所周围的自然景观。

“五步行看风景异”，诗人通过“五步”这个具体的数字，强调了自己离居所很近，能够轻松地欣赏周围的风景。同时，“风景异”也表达了诗人对周围风景的独特感受。

“山阴何异镜中涵”，诗人用“何异”来比较山间的景色与镜中的倒影，形象地描绘出山间的景色与镜中的倒影如出一辙，给人以美的享受。

整体来说，这首诗通过对居所周围的自然景观和风景的描绘，表达了诗人对宁静美好生活的向往和享受。它不仅给人以美的享受，同时也传递出诗人对生活的热爱和追求。

再题明人西山胜景册·其十·陈淳紫薇村

上方塔影太湖涵，一带湖山最可探。
谩道紫薇村莫觅，依稀应在治平南。

释义

上方塔的影子沉浸在太湖之中，一带的湖光山色最值得探寻。别随意说紫薇村难以寻觅，它大概就在治平的南边隐约可见。

鉴赏

这首诗描写了太湖的美丽景致以及诗人对湖山一带的独特感受。首句“上方塔影太湖涵”，诗人以简洁的语言描绘出太湖的广阔与深邃，塔影倒映在湖面上，给人以宁静而深远的感觉。

第二句“一带湖山最可探”，诗人进一步强调了湖山一带的美丽和值得探索的价值，这里的“可探”不仅是对自然景色的赞美，也表达了诗人对探索和发现的渴望。

后两句“谩道紫薇村莫觅，依稀应在治平南”，诗人提到“紫薇村”，暗示着一种理想的生活状态或者文化追求，但随后又以“谩道”一词否定了寻找它的必要性。接着，诗人指出，尽管难以寻觅紫薇村，但那种理想的生活状态或文化追求，或许就在治平南这个地方，给人以希望和启示。

整体来说，这首诗以生动的语言和形象的比喻，描绘了太湖的美丽景致，并表达了诗人对自然和人文景观的热爱与思考。它不仅给人以美的享受，同时也引发人们对自然和人文景观的思考和探索。

鲁治百花卷即用卷中题句韵·其十三·紫薇

常开夏里轻盈色，亦散风前淡荡香。
却笑无心花木种，那知世有令和郎。

注释

①令和郎：可理解为一个气质温文尔雅、品行端正、具有优雅风度的年轻男子或青年才俊。

释义

在夏天里，花朵常展现出轻盈的色彩，它们在微风中散发着淡淡的香气。然而，无心插柳柳成荫，对于花木的种植，我们不禁哑然失笑。可是，又有谁知道，这世界上还有令和郎这样的人呢？

鉴赏

这首诗描绘了夏天的轻盈色彩和淡雅香气，同时借花木之种和郎的典故表达了诗人的情感和思考。

“常开夏里轻盈色”，诗人用“轻盈”来形容夏天的色彩，形象地描绘出夏天的轻盈和明快。

"亦散风前淡荡香",这里描述的是风中淡雅的香气,给人以清新自然的感觉。

"却笑无心花木种",诗人通过"无心花木种"这个典故,表达了自己的思考和感慨。这里的"无心"指的是无意之中种植的花木,而"笑"则表达了诗人对这种无意之举的嘲讽和反思。

"那知世有令和郎",表达了自己对自由、豪放生活的向往和追求。

整体来说,这首诗以夏天的轻盈色彩和淡雅香气为背景,表达了诗人对自由、豪放生活的向往和追求。它不仅给人以美的享受,同时也传递出诗人对生活的思考和感悟。

题钱维城花卉册·其二十五·紫薇

品命由来岂定评,翻将高客冒官程。
开元欲笑中书省,便乃因花浪改名。

释义

品级命运又岂是固定不变的,有的人靠关系就能得到高官厚禄。开元年间那些嘲笑中书省的人,不过是因爱花而随意改个名字罢了。

鉴赏

这首诗表达了诗人对命运和官场现象的观察与思考。首先,诗中"品命"指的是人的命运或人生道路,而"定评"则是指对人的评价或定位。诗人指出,人的命运并非一成不变,而是受到多种因素的影响。

接下来,诗人用"翻将高客冒官程"来形容那些通过不正当手段进入官场的人。这些人或许并不具备真正的才能和能力,但却因为某种原因而获得了高官厚禄。这种描述揭示了官场的某些不公和腐败现象。

然后,诗人通过"开元欲笑中书省,便乃因花浪改名"来表达对这种现象的讽刺和批评。这里的"开元"指的是唐玄宗的年号,而"中书省"则是当时的中央行政机构。诗人认为,那些通过不正当手段进入官场的人,就像是在中书省里因为喜欢花朵而随意更改名字的人一样,缺乏真正的才能和能力,只是追求表面的华丽和虚荣。

整体来说,这首诗通过对命运的思考和对官场现象的揭示,表达了诗人对人生和社会的深刻思考。它不仅具有思想深度,同时也展现了诗人敏锐的观察力和批判精神。这首诗对于我们理解人生和社会具有重要的启示意义。

题钱维城四季花卉册·其二十六·紫薇

秾姿轻态缀枝斜，舞学惊鸿披晕霞。
何事中书竟改号，唐家人物忒耽花。

释义

丰满的姿态和轻盈的体态，点缀在枝头斜逸而出，宛如舞动的惊鸿，披着晚霞般的光晕。为何中书会改变他的名号，只因唐朝的人物太过于沉溺于花卉之中。

鉴赏

这首诗是一首描绘花卉的美丽和诗人对花卉的热爱与欣赏的诗歌。首先，诗人用“秾姿轻态缀枝斜”来形容花卉的美丽姿态，这里的“秾姿”指的是丰满的姿态，“轻态”则是指轻盈的姿态，两者结合，形象地描绘出了花卉的美丽和优雅。

接下来，诗人用“舞学惊鸿披晕霞”来进一步强调花卉的美丽。这里的“舞学惊鸿”是形容花卉像惊鸿一样翩翩起舞，“披晕霞”则是指花卉被美丽的晚霞所映照，整个画面美丽动人。

然后，诗人笔锋一转，用“何事中书竟改号”来表达对花卉的热爱和痴迷。这里的“中书”是指唐代官名，而“改号”则是指更改官名，但诗人却用它来比喻自己对花卉的痴迷和热爱，形象生动。

最后，诗人用“唐家人物忒耽花”来结尾，表达了自己对花卉的痴迷和热爱。这里的“唐家人物”是指唐代的人物，“忒耽花”则是指过于沉迷于花卉之中，整个诗句表达了诗人对花卉的无限热爱和欣赏。

整体来说，这首诗通过生动的描绘和形象的比喻，表现了诗人对花卉的热爱和欣赏。它不仅展示了花卉的美，同时也表达了诗人内心的感受和对生活的热爱。这首诗充满了诗人的情感和思想，是一首优美动人的诗歌。

汤右曾

汤右曾（1656—1722年）字西厓，仁和（今杭州）人。康熙二十七年（1688年）进士，官吏部侍郎。以逸笔写山水，着墨无多，舒展自查初白（慎行）有诗称之。工行楷，遒媚似苏轼。他工于诗，风格清新自然，韵味悠长，与朱彝尊齐名，同为浙派领袖。诗作多题咏山水名胜古迹，风格体制颇类王士禛。其诗作被收入《怀清堂集》，深受康熙帝赞赏，并赐诗称其为“诗公”。卒年六十七。参见《浙江通志》《国清朝别裁诗传》《敬业堂集》《分甘馀话》《畊砚田斋笔记》《桐阴论画》《画传编韵》《清画家诗史》。

咏斋中草木五十二首同雪子作·其十六·紫薇

移来紫薇花，本出紫微省。
谁与青琐郎，綵笔照花影。

释义

紫薇花被移栽到别处，原本是生长在紫微省的。是哪位青琐郎用彩笔描绘出紫薇花的影子呢？

鉴赏

这是一首赞美紫薇花的诗歌，同时也表达了诗人对紫薇花和自己的情感。首先，诗人用“移来紫薇花，本出紫微省”来表达紫薇花的美丽和优雅。这里的“移来”和“本出”形成了对比，强调了紫薇花的美丽和与众不同。

接下来，诗人用“谁与青琐郎，綵笔照花影”来表达自己对紫薇花的痴迷和热爱。这里的“青琐郎”是指宫廷中的官员，而“綵笔照花影”则是指用彩笔描绘出紫薇花的美丽影子。整个诗句表达了诗人对紫薇花的痴迷和热爱，同时也暗示了自己对生活的热爱和追求。

整体来说，这首诗通过赞美紫薇花来表达自己的情感和对生活的热爱。它不仅展示了紫薇花的美丽，同时也展示了诗人内心的情感和对美的追求。这首诗充满了诗意和情感，是一首优美动人的诗歌。

余云焕

余云焕，字凤笙，平江人。诸生，官四川知县。有《白雨湖庄诗钞》四卷，其诗作内容丰富，善于在诗作中运用典故和象征手法，使得作品更加含蓄深邃，富有艺术感染力。

李丈次青方伯乞山中紫薇花将去数本媵之以诗

紫薇花发绕吾庐，艳雪晴云拥上车。
将去宛如新嫁女，到时应识旧中书。

前身或者丝纶阁，夜梦因之水竹居。
位置平泉庄上好，不教沦落在荒墟。

释义

紫薇花盛开，环绕在我的居所，如雪般洁白，如云般绚丽，簇拥着我的车。我将离去，如同一个新嫁的女子，到了新的地方，我也能记得曾经和中书省的渊源。或许，我前生是丝纶阁中的一员，因梦境中的水竹居而心生向往。平泉庄的位置如此美好，它不会让我陷入荒芜的废墟之中。

鉴赏

这是一首赞美紫薇花的诗歌，同时也表达了诗人对紫薇花和自己的情感。首先，诗人用“紫薇花发绕吾庐，艳雪晴云拥上车”来描绘紫薇花的美丽和优雅。这里的“绕吾庐”和“拥上车”形象地描绘了紫薇花盛开时，环绕着诗人居所和簇拥着车辆的美丽景象。

接下来，诗人用“将去宛如新嫁女，到时应识旧中书”来表达自己对紫薇花的痴迷和热爱。这里的“新嫁女”是比喻，形象地描绘了紫薇花的美丽和与众不同。

然后，诗人用“前身或者丝纶阁，夜梦因之水竹居”来进一步强调紫薇花的美丽和优雅。这里的“丝纶阁”是指宫廷中的官署，“水竹居”则是指幽静雅致的居所。整个诗句表达了诗人对紫薇花的痴迷和热爱，同时也暗示了自己对生活的热爱和追求。

最后，诗人用“位置平泉庄上好，不教沦落在荒墟”来结尾，表达了自己对紫薇花的无限热爱和欣赏。这里的“平泉庄”是指唐代著名的园林，而“不教沦落在荒墟”则是指不愿意让紫薇花在荒芜的地方凋零。整个诗句表达了诗人对花卉的无限热爱和欣赏。

整体来说，这首诗通过生动的描绘和形象的比喻，表现了诗人对紫薇花的热爱和欣赏。它不仅展示了紫薇花的美丽，同时也表达了诗人内心的感受和对生活的热爱。这首诗充满了诗人的情感和思想，是一首优美动人的诗歌。

左锡嘉

左锡嘉(1831—1894 年)，是清代的一位杰出女画家和诗人，字韵卿，又字小云、浣芬，在嫠居后改字为冰如，籍贯为阳湖(今的江苏常州)。她是左锡璇的妹妹，排行第六。左锡嘉擅长诗歌创作和绘画，尤其擅长学习恽寿平的没骨画法。在咸丰年间，她的丈夫去世，她创作了《孤舟回蜀图》，这幅作品在当时备受赞誉。她与姐姐左锡蕙、左锡璇一同被誉为“左家三才女”。

重叠金·白紫薇

绿阴深处藏春色。芳菲不借东风力。
花瓣太玲珑。问心同不同。
冷香裁月魄。清影怜幽寂。
虚白照空明。楚云舒卷经。

释义

在绿色的树荫深处，隐藏着春天的色彩，花朵的芬芳，并不需要东风的助力。花瓣如此精致，如同小巧的艺术品，我问自己的心，是否与这花朵有同样的感受。这花朵散发出清冷的香气，仿佛可以裁剪月亮的清辉，它的影子清晰，怜爱这幽静而寂寞的时刻。它的洁白如此纯净，如同照亮空中的光芒，而那缥缈的云朵，在天空中自由地舒卷变幻。

鉴赏

此诗刻画了春日景致，洋溢着勃勃生机与绝美风光，展现了诗人对大自然美景的欣赏与倾慕之情。“绿阴深处藏春色，芳菲不借东风力”这两句诗表达了春天的到来，绿叶茂盛，春色浓郁，但这些美丽的花朵并不依赖东风的力量，而是自然地绽放。这体现了作者对自然规律的尊重和欣赏。

“花瓣太玲珑，问心同不同”这两句诗则表达了花瓣的精致美丽，同时也暗示了作者内心的感慨。作者通过“问心同不同”表达了自己对花瓣的独特感受和思考，这是一种深入心灵的赞美和认同。

“冷香裁月魄，清影怜幽寂”这两句诗描绘了花瓣的清香，这种香味如同月光一般清新冷峻。同时，花瓣的倩影也表现出它对幽静寂寞的喜爱，这是一种与世无争的美。

“虚白照空明，楚云舒卷经”这两句诗则表达了作者对天空的赞美，同时也暗示了自己内心的宽广和自由。这种自由并不是无边无际的放纵，而是在内心深处找到一种平静和淡泊。

整体来说，这首诗以春天的景象为背景，通过细腻的描绘和深入的思考，表达了作者对自然美的热爱和追求。整首诗语言优美，意境深远，给人以美的享受和深刻的启示。

刘绎

刘绎(1796—1878年),字瞻岩,江西永丰籍人士。自幼便以文采出众在乡间享有盛名,于嘉庆二十二年丁丑年间通过府试与院试,成为博士弟子员。1835年,即道光十五年,他高中状元,成为江西省历史上最后一位状元,后担任翰林院修撰并入值南书房。1837年,也就是道光十七年,刘绎以三品京堂的身份出任山东学政,其间制定了"劝课条规"。因父母年迈,他请求辞官归乡。此后,刘绎在近三十年的时间里担任鹭洲书院和青原书院的主讲,并主持白鹭洲书院长达十余年,秉持着"继承传统,发扬学术,弘扬正道,激励善行,注重个人修养与实践,以精通经典、品行优良为要"的教育理念。他逝于清光绪四年,享年八十二岁。刘绎曾主编《江西通志》和《吉安府志》,并著有《存吾春斋文抄》《诗抄》以及《崇正黜邪论》等作品。

对紫薇花书感四首·其一

五度伤春寸草心,谁知此树更情深。
蓼莪①咏罢还思痛,华黍②诗亡尚有音。
看碧成朱劳想象,流根自叶为沉吟。
小窗独坐黄昏后,相对忘言泪满襟。

注释

①蓼莪:指《诗经》中的一首诗。②华黍:在《诗经·小雅》中,其是笙诗之一,原本的诗篇已失传,但保留了篇名。

释义

五次为春伤感,寸草春心,谁晓得这棵树埋藏着深情。《蓼莪》咏唱完毕还让人感到痛苦,华黍诗消失后还有音信。将绿的看成红的使人想象,流动的根自叶引发沉吟。黄昏后,坐在小窗前,相对无言,泪流满襟。

鉴赏

这首诗是一首深情而感人的诗,表达了诗人对逝去亲人的思念和悲痛之情。"五度伤春寸草心,谁知此树更情深。"这两句诗表达了诗人对逝去亲人的深深思念和悲痛之情。春去秋来,诗人已经度过了五个春秋,心中的思念之情如同草心一般柔软。诗人感慨着生命的脆弱和短暂，同时也表达了对逝去亲人的深深怀念和悲痛。

“蓼莪咏罢还思痛，华黍诗亡尚有音”这两句诗则进一步强调了诗人对逝去亲人的思念和悲痛。蓼莪和华黍都是中国古代诗歌中的经典意象，象征着死亡和悲伤。诗人通过这些意象，表达了自己对逝去亲人的深深思念和悲痛。

“看碧成朱劳想象，流根自叶为沉吟”这两句诗则表达了诗人对逝去亲人的回忆和思考。诗人回忆起亲人生前的点点滴滴，想象着他们还在自己身边时的情景。诗人感慨着生命的脆弱和短暂，同时也思考着自己的人生意义和价值。

“小窗独坐黄昏后，相对忘言泪满襟”这两句诗则表达了诗人对逝去亲人的无尽思念和悲痛。黄昏时分，诗人独自坐在窗前，默默地思念着逝去的亲人，泪水不禁涌上心头。这里，“相对忘言”表达了诗人与逝去亲人之间的深情厚谊，而“泪满襟”则表达了诗人对逝去亲人的无尽思念和悲痛。

整体来说，这首诗通过深情而感人的语言，表达了诗人对逝去亲人的思念和悲痛。整首诗语言优美，意境深远，给人以美的享受和深刻的启示。

对紫薇花书感四首·其二

画省从容岁月宽，清香燕寝昔凝欢。
花开花落枯荣感，年去年来冷暖叹。
虚白堂中春寂寞，软红尘里梦阑珊。
可怜颜色经时别，珍重秋来次第看。

释义

在画堂中度过从容的岁月，曾经在香甜的安眠中凝结欢愉。感受着花开花落、草木枯荣，感叹着年复一年、冷暖交替。虚白堂中的春光寂寥，红尘里的梦境逐渐消失。可悲的是，生命的颜色会随时间改变，然而秋天的到来仍然会依次看。

鉴赏

这首诗是一首描写岁月静好、世事变迁的诗，表达了诗人对人生的感慨和思考。“画省从容岁月宽，清香燕寝昔凝欢。”这两句诗表达了诗人对过去的怀念和感慨。诗人回忆起过去的岁月，那时生活从容自在，充满欢笑。这里，“画省”和“清香燕寝”都是过去美好生活的象征，表达了诗人对过去的深深怀念。

“花开花落枯荣感，年去年来冷暖叹”这两句诗则表达了诗人对生命和时间的感慨。

诗人感慨着生命的短暂和无常，花开花落、枯荣相继，年去年来、冷暖交替。这里，“花开花落”和“年去年来”都是生命短暂和无常的象征，表达了诗人对生命的深深思考。

“虚白堂中春寂寞，软红尘里梦阑珊”这两句诗则表达了诗人对现实和未来的思考。诗人认为现实中的春日寂寞，红尘中的梦境阑珊。这里，“虚白堂”和“软红尘”都是现实的象征，表达了诗人对现实的深深思考和感慨。

“可怜颜色经时别，珍重秋来次第看”这两句诗则表达了诗人对人生的态度和信念。诗人认为生命的颜色会随着时间的推移而改变，但我们应该珍惜每个时刻，认真面对人生中的每一个阶段。这里，“颜色经时别”和“秋来次第看”都是人生的象征，表达了诗人对人生的深深思考和信念。

整体来说，这首诗通过抒发情感和描绘景物，表达了诗人对人生的深刻思考和感慨。整首诗语言优美，意境深远，给人以美的享受和深刻的启示。

对紫薇花书感四首·其三

辛苦移根剩劫余，故园荒径近何如。
玉堂仙伴应怀尔，茅屋诗人转愧予。
过眼雾花皆幻境，惊心风木有空庐。
无言桃李今何在，杜牧多情句不虚。

释义

经过辛苦的努力，将根移到劫后余生的地方，故园的小路已经荒芜，不知道现在是什么样子。玉堂中的仙伴应该还记得你，而我这个住在茅屋里的诗人却感到了惭愧。眼前的景象如同雾花一般虚幻，令人惊心的是，风中的树木只剩下空荡荡的屋舍。无言的桃李现在在哪里呢？杜牧那多情的诗句并没有虚假。

鉴赏

这首诗情感深沉，通过对故园的描绘和怀旧，表达了诗人对过去的追忆和对现实的感慨。“辛苦移根剩劫余，故园荒径近何如。”这两句诗表达了诗人对过去的追忆和感慨，过去的辛苦和努力如今只剩下回忆，而故园的道路也已经荒芜。这体现了诗人对过去的思考和感悟。

“玉堂仙伴应怀尔，茅屋诗人转愧予”这两句诗则表达了诗人对未来的期望和憧憬，希望未来的生活能够更加美好。但同时，诗人也意识到自己的不足和缺陷，因此感到惭愧。这体现了诗人的谦虚和自省。

“过眼雾花皆幻境，惊心风木有空庐”这两句诗则表达了诗人对现实的感慨和思考。诗人认为，眼前的景象都是虚幻的，如同雾花一般短暂而美丽。同时，诗人也感叹自然的伟大和生命的脆弱，认为人相对于自然而言是微不足道的。

“无言桃李今何在，杜牧多情句不虚”这两句诗则表达了诗人对人生的思考和感悟。诗人认为，人生的短暂和无常如同桃李一样，最终都会消失在时间的长河中。但是，诗人也认为，人生的美好和意义是存在的，只要我们用心去感受和珍惜。这体现了诗人的乐观和积极态度。

整体来说，这首诗情感深沉而真挚，通过对故园的描绘和对人生的思考，表达了诗人对过去的追忆和对未来的期望。整首诗语言优美，意境深远，给人以美的享受和深刻的启示。

对紫薇花书感四首·其四

欲持樽酒酹花前，爱惜榆光及暮年。
绛雪霏霏吹满地，白云渺渺望终天。
两开丛菊犹如此，千岁蟠桃恐未然。
长系春秋霜露念，看花再发月重圆。

释义

我欲持酒前来花前祭奠，爱惜这短暂的暮春光景。紫薇花如红色的雪花纷纷扬扬地飘落，白云渺渺，遥望天际。两度开放的丛菊也是如此短暂，千岁的蟠桃恐怕更是难得一见。常怀春秋之思，寄托于霜露之间，期待着再次花开月圆。

鉴赏

这是一首抒发情感，感叹生命无常和短暂的诗。通过描绘景物和抒发情感，诗人表达了自己对生命的深刻思考和感悟。“欲持樽酒酹花前，爱惜榆光及暮年”这两句诗表达了诗人对生命和时间的感慨。诗人想要持酒祭奠花朵，因为它们在暮年时凋谢。这里，“樽酒”象征着对生命和时间的尊重，“酹花”则暗示着对生命的敬畏和缅怀。

“绛雪霏霏吹满地，白云渺渺望终天”这两句诗描绘了美丽的景色，落花纷飞，白云渺渺，象征着生命的美丽和短暂。同时，这也表达了诗人对生命的感慨和思考，生命如同落花和白云一样短暂而美丽。

“两开丛菊犹如此，千岁蟠桃恐未然”这两句诗则表达了诗人对生命无常和短暂的感慨。菊花虽然开放两次，但仍然无法抵挡时间的流逝。而千岁的蟠桃则更加难得，暗示着生命的珍贵和难得。

“长系春秋霜露念，看花再发月重圆”这两句诗则表达了诗人对生命美好的期待和憧憬。虽然生命短暂，但只要我们珍惜每个时刻，就可以感受到生命的美好和意义。这里，“看花再发月重圆”暗示着对未来的期待和憧憬。

整体来说，这首诗通过描绘景物和抒发情感，表达了诗人对生命的深刻思考和感悟。整首诗语言优美，意境深远，给人以美的享受和深刻的启示。

翁瑞恩

翁瑞恩(1826—1892)，字璇华，常熟人，是晚清时期的一位才女，她出生于书香门第，为翁心存之女，翁同龢之妹。自幼受到良好的家庭教育，擅长诗词创作。翁瑞恩著有《簪花阁诗钞》《簪花阁词》等作品。

醉花阴·紫薇花

虚白堂前传异种。紫绶曾邀宠。
斜月上帘钩，浅碧笼烟，几处凉初送。
柔姿羞藉东皇重。溽暑宜清供。
莫道不如春，色比秾桃，瘦与黄花共。

释义

在虚白堂前，有一种关于特别花卉(紫薇花)的传闻。这种花卉如同高官所配的紫色印绶一般，曾受到人们的喜爱和赞赏，象征着高贵。当斜月升上帘钩时，淡淡的碧色烟雾笼罩着，几处凉意开始送来。它的柔美姿态，羞于借助东皇的力量。在潮湿闷热的暑期，它适宜于提供清爽的供品。不要说它不如春天，它的颜色比浓艳的桃花还要艳丽，它的瘦弱与黄花相映成趣。

鉴赏

此诗描绘秋日景致与感受，流露出诗人对秋天深沉的感怀与思索。“虚白堂前传异种。紫绶曾邀宠”这两句诗抒发了诗人对秋日风光的赞美与深切感慨。诗人认为，秋天是一个特别的季节，是一个充满异种和奇妙的季节。这里，“虚白堂前”和“紫绶曾邀宠”

都是秋天的象征，表达了诗人对秋天的深深热爱和赞美。

“斜月上帘钩，浅碧笼烟，几处凉初送”这几句诗则描绘了秋天的景色。斜月挂在帘钩上，淡淡的烟雾笼罩着浅碧色的景象，几处凉爽的秋风吹来。这里，“斜月”“帘钩”“浅碧”“烟”“凉”都是秋天的典型景象，描绘出一幅宁静、美丽的秋天画卷。

“柔姿羞藉东皇重。溽暑宜清供”这两句诗则表达了诗人对秋天的思考和感慨。诗人认为，秋天的柔姿和美丽是值得珍视的，应该好好地欣赏和享受。这里，“柔姿”“东皇”“溽暑”“清供”都是秋天的象征，表达了诗人对秋天的深深感慨和思考。

“莫道不如春，色比秾桃，瘦与黄花共”这几句诗展现了诗人对秋天独有的感悟。诗人认为，虽然秋天不如春天那么生机勃勃，但它的美丽和神韵却可以和春天相媲美。这里，“色比秾桃”“瘦与黄花共”都是秋天美丽的象征，表达了诗人对秋天的深深感慨和赞美。

整体来说，这首诗通过描绘秋天的景色和感受，表达了诗人对秋天的深深感慨和思考。整首诗语言优美，意境深远，给人以美的享受和深刻的启示。

张鹏翮

张鹏翮(1649—1725 年)，字运青，别号宽宇、信阳子，出生于四川潼川州遂宁县黑柏沟(现隶属于四川省遂宁市蓬溪县)。他是清代的一位杰出官员，同时也是一位知名的治河专家。张鹏翮于康熙九年(1670 年)成功考取进士，并在康熙、雍正两朝担任官职。他的职业生涯涵盖了刑部主事、苏州知府、兖州知府、河东盐运使、通政司参议、大理寺少卿、浙江巡抚、兵部右侍郎、左都御史、刑部尚书、江南江西总督、河道总督以及户部尚书等多个职位。雍正元年(1723 年)，他被任命为文华殿大学士，人们尊称他为“遂宁相国”。雍正三年(1725 年)，张鹏翮在任职期间去世，享年七十七岁，谥号为文端，他的墓地位于遂宁市庆元山(今重庆市潼南区小渡镇庆元山)。

张鹏翮曾随索额图一同勘察中俄东段边界，为《尼布楚条约》的签订奠定了基础。此外，他主持黄河治理长达十年之久，其间他整治了清口，堵塞了六坝，修筑了归人堤，并运用逢弯取直、借助黄河水流冲刷泥沙的方法对黄河进行了有效整治。张鹏翮不仅在政务上有杰出表现，他在诗文创作上也颇有造诣，著有《冰雪堂稿》《如意堂稿》《信阳子卓录》《奉使俄罗斯行程纪略》以及《治河全书》等多部作品。后世学者为其编纂了《遂宁张文端公全集》。

惜紫薇花

白露秋深雁影单，紫薇花剩两枝残。
多情未许风吹尽，留待来朝仔细看。

释义

在白露节气的深秋时分，大雁的影子孤单地划过天际。紫薇花只剩下两枝残败的花朵。秋天的美丽和神韵是如此多情，仿佛不允许风吹尽它的美丽，等待我们来欣赏它的魅力。

鉴赏

这是一首描绘秋天的景色和感受的诗，表达了诗人对秋天的深深感慨和思考。“白露秋深雁影单”这句诗描绘了秋天的景色。白露时节，秋意渐浓，大雁南飞，身影孤单。这里，“白露”“秋深”“雁影单”都是秋天的典型景象，给人以萧瑟、凄凉之感。

“紫薇花剩两枝残”这句诗则进一步描绘了秋天的景象。紫薇花是夏天的代表花卉，此时已经凋零，只剩下两枝残花。这里，“紫薇花剩两枝残”是秋天花卉凋零的象征，表达了诗人对逝去夏天的感慨和思考。

“多情未许风吹尽，留待来朝仔细看”末两句诗深刻地展现了诗人对秋天特有的感悟与沉思。诗人认为，秋天的美丽和神韵是多情的，是不应该被风吹尽的。这里，“多情未许风吹尽”和“留待来朝仔细看”都是对秋天美丽和神韵的赞美和珍视，表达了诗人对秋天的深深感慨和思考。

整体来说，这首诗通过描绘秋天的景色和感受，表达了诗人对秋天的深深感慨和思考。整首诗语言优美，意境深远，给人以美的享受和深刻的启示。

第五章习题　　　第五章习题答案

参考文献

[1] 黄丽芸. 紫薇花别紫薇郎[J]. 广西林业,2018(08):34-35.
[2] 徐方圆,徐晔春. 唐诗花园——跟着唐诗去赏花连载十三:紫薇篇[J]. 南方农业(园林花卉版),2009,3(01):8-13.
[3] 唐月. 刘禹锡咏物诗研究[D]. 固原:宁夏师范学院,2022.
[4] 张忠纲. 全唐诗大辞典[M]. 北京:语文出版社,2000.
[5] 上海辞书出版社文学鉴赏辞典编纂中心. 元明清词三百首鉴赏辞典[M]. 上海:上海辞书出版社,2017.
[6] 刘基. 刘伯温文集[M]. 北京:线装书局,2015.
[7] 党双忍. 中国树文化[M]. 西安:陕西科学技术出版社,2018.
[8] 雷寅威,雷日钏. 中国历代百花诗选[M]. 南宁:广西人民出版社,2008.
[9] 齐传贤. 花花世界[M]. 长沙:湖南文艺出版社,1989.
[10] 游振芳. 赤岸概略[M]. 北京:中国工商出版社,2010.
[11] 梁清,梁新顺. 棠村词[M]. 石家庄:河北人民出版社,2013.
[12] 祝允明,孙宝. 怀星堂集[M]. 杭州:西泠印社出版社,2012.
[13] 沈尘色. 恋他芳草不多时[M]. 镇江:江苏大学出版社,2018.
[14] 四川宋瓷博物馆,胡传淮,岳敦云等. 张鹏翮诗集校注[M]. 北京:团结出版社,2020.
[15] 席联鑫. 闲章集句印谱[M]. 南昌:江西教育出版社,2018.
[16] 喻静. 丝绸之路多元文明交流互鉴工作坊研讨会论文集[M]. 北京:文化艺术出版社,2021.
[17] 区大相,区大伦,刘正刚. 区太史诗文集[M]. 济南:齐鲁书社,2017.
[18] 于谦,魏得良. 于谦集[M]. 杭州:浙江古籍出版社,2016.
[19] 李湧. 中国花木民俗文化[M]. 郑州:中原农民出版社,2011.
[20] 朱新华,陈丹. 海虞翁氏女诗人集三种[M]. 扬州:广陵书社,2020.

[21] 上强村民．宋词三百首[M]．北京：中国友谊出版公司，2023.
[22] 晏殊．珠玉词[M]．成都：四川文艺出版社，2021.
[23] 罗桂环．本生出高岭移赏入庭蹊中国重要花木的栽培起源和传播[M]．济南：山东科学技术出版社，2023.
[24] 周啸天．唐诗鉴赏辞典[M]．北京：商务印书馆国际有限公司，2012.
[25] 唐圭璋，钟振振．宋词鉴赏辞典[M]．北京：商务印书馆国际有限公司，2011.
[26] 赵义山．元曲鉴赏辞典[M]．北京：商务印书馆国际有限公司，2012.